W0394004

ANNEMARIE SCHWARZENBACH

DAS GLÜCKLICHE TAL

ROMAN

K
A
M
P
A

Die Originalausgabe erschien 1940 im Morgarten-Verlag, Zürich.

Für den Blick hinter die Verlagskulissen:
www.kampaverlag.ch/newsletter

KAMPA POCKET
DIE ERSTE KLIMANEUTRALE TASCHENBUCHREIHE
Gedruckt auf säurefreiem und chlorfrei gebleichtem Papier aus verantwortungsvollen Quellen, zertifiziert durch das Forest Stewardship Council. Der Umschlag enthält kein Plastik. Kampa Pockets werden klimaneutral gedruckt, kampaverlag.ch/nachhaltig informiert über das unterstützte CO_2-Kompensationsprojekt.

Der Kampa Verlag wird in der Schweiz vom Bundesamt für Kultur mit einem Strukturbeitrag für die Jahre 2021–2024 unterstützt.

Veröffentlicht im Februar 2022 als Kampa Pocket
Copyright für diese Ausgabe © 2022 by Kampa Verlag AG, Zürich
Covergestaltung und -motiv: Lara Flues, Kampa Verlag
Satz: Tristan Walkhoefer, Leipzig
Gesetzt aus der Stempel Garamond LT / 220140
Druck und Bindung: GGP Media GmbH, Pößneck
Auch als E-Book erhältlich
ISBN 978 3 311 15043 5

www.kampaverlag.ch

I

Unsere Zelte stehen auf einer Grasbank am Ufer des Lahr-Flusses. Der Talboden liegt zweitausendfünfhundert Meter über Meer – noch dreißig Meter höher, wenn man vom Spiegel des Kaspischen Meeres aus rechnet, welches uns viel näher ist als der Persische Golf. Zweitausendfünfhundert Meter – das klingt schon beträchtlich, aber in Wirklichkeit bedeutet es wenig; denn ringsum sehen wir Berge und Ketten, die unser Tal mächtig überragen. Es sind graue Höhenzüge, zum Teil mit steil emporsteigenden Felswänden, aus brüchigem, wild zerrissenem Gestein, zum Teil lange, sanft hingelagerte Halden. Steht man irgendwo in der Mitte einer solchen Halde – und wir gehen nicht selten hinauf, um die Steinböcke zu beobachten, oder einfach, um dem dumpfen Schlaf unter dem Zeltdach zu entfliehen –, dann kann man deutlich das unaufhörliche Rieseln des Gerölls hören. Dieses monotone, sehr leise Rieseln ist das einzige Geräusch in der Einöde, außer dem Brausen eines unsichtbaren Windes, der in weiter Ferne über die Kämme streichen muss, oder gar über die heiße Ebene, tief unten, die durch eine ganze Reihe namenloser Pässe und Saumpfade von unserem Tal getrennt ist. Ich kenne kein unerträglicheres Geräusch als das nie versiegende Rieseln der großen Halden, ja, es übertrifft an Schrecklichkeit sogar das nächtliche Dröhnen der Karawanenglocken in der Ebene, dem ich hier glücklich entflohen bin. Im Sommer bringen die Karawanen den heißen Tag in einer Stadt oder in einem Khan zu und brechen erst mit der Dämmerung auf, wenn der Wind ein wenig kühler wird. Da ich mehrere Monate in einer Baracke gewohnt habe, die nur durch eine Gartenmauer aus Lehm von der alten Karawanenspur zwischen Teheran und Veramin getrennt war, hörte ich das dumpfe Dröhnen der Glocken, die heiseren Schreie der Treiber und die kleine, hell bimmelnde Glocke am Hals des Leitesels jeden Abend, und noch bis in den Traum hinein – trotzdem konnte ich mich nie daran gewöhnen. Hier oben habe ich sozusagen meine ungestörte Nachtruhe; denn Kamele ziehen selten durch dieses Tal und gewiss nicht des Nachts, wenn schneidende Kälte herrscht. Aber es gibt auch andere Geräusche. Manchmal ängstigt mich das rasche, eilige Gurgeln des Flusswassers, das sich unter den Uferbänken hindurchwindet, über Kiesel stolpert – und ich meine sogar, die verzweifelten Luftsprünge von Forellen zu hören. Oder der Wind wird stärker, dieser fürchterliche Höhenwind, der noch den Staubgeruch der verbrannten Ebene hierherauf trägt und in der Dunkelheit an den Seilen unserer Zelte reißt. Aber, wie gesagt, weitaus am schlimmsten ist das unaufhörliche Rieseln der großen Halden. Man sollte sich nie in das Geröll hinaufwagen. Man tut es doch immer wieder.

Und bleibt man dann stehen, einen Augenblick nur, um Atem zu schöpfen, dann meint man zuerst sein eigenes, rasch schlagendes Herz zu hören. Aber das ist schon verstummt, und was man immer noch hört – jetzt deutlich, unmissverständlich –, das sind die rieselnden Halden. Man sieht sich unwillkürlich um, als erwarte man Hilfe. Weithin ist, was man erblickt, nur die graue und dabei merkwürdig milde Einöde. Unten der Fluss – ein schmales Band – und die grünen Pferdeweiden, die weißen Zelte, gegenüber am anderen Ufer das Tschaikhane, niedrig, fast versteckt in der Mulde vor dem Anstieg des Afjé-Passes, der Rauch dringt aus der Türe und windet sich an der silbergrauen Felswand empor. Ein wenig flussabwärts die Zelte der Nomaden, aus schwarzem Ziegenfilz, davor die rot leuchtenden Röcke der Frauen und ihre blitzenden Kupferkessel. Alles so winzig wie Spielzeug, auch die Schafherden, auch die weidenden Pferde des Schahs. Der Fluss verschwindet hinter den Schwarzklippen – viel weiter sind wir auch beim Forellenfischen noch nicht gekommen. Aber das Lahr-Tal ist damit noch längst nicht zu Ende; wissen wir überhaupt, wohin es führt? Hinunter nach Mazanderan, in das Teufelsland am Kaspischen Meer, sagen die Nomaden. Mazanderan – wunderbar ist der Klang dieses Namens! Dort herrschen Dschungel, Urwald, Reisfelder, Wasserbüffel auf melancholischen Dünen, Feuchtigkeit, Malaria. In Gilan, der westlichen Nachbarprovinz, werden die Reisfelder auf Befehl des Schahs trockengelegt, und Chinesen lehren den Malaria-Bauern die schwierige Kunst der Teekultur. Der Tee von Gilan schmeckt nach Stroh, der Reis aus Mazanderan riecht nach getrocknetem Mist. In den kleinen Küstenstädten, in Pehlevi, in Meshed-i-Sehr, wohnen die russischen Kaviarfischer. Im Osten beginnen die Steppen, Weideplätze der pendinischen und Theke-Turkmenen, mit ihren roten und kamelhaarbraunen Teppichen, ihren bunten Zeltstreifen und Satteltaschen. Sie züchten die schönsten und schnellsten Pferde des Ostens. Ihre Buben, sechsjährig, achtjährig, reiten sie in den großen Steppenrennen, die im Herbst stattfinden. Im Hafen Krasnovodsk beginnt die russische Bahn, ein einsamer Schienenstrang, der durch die Steppe läuft: nach Merw, nach Buchara, Samarkand. Da sind wir schon nahe bei den lockenhaarigen Tadschiken, schon bald auf den Pamir-Höhen und an der Grenze des Himmelsgebirges. Oh, Magie der Namen! Oh, Städte Asiens, leuchtende Kuppeln über dem Niemandsland, oh, jähe Hoffnungen! Schlägt dein Herz wieder?

Am Talausgang – dort, wo wir seinen Ausgang vermuten – erhebt sich der glatte Kegel des Riesen, die unerreichbare, unberührbare Pyramide des Demawend: Sein Leib ist jetzt, im späten Sommer, gestreift wie der eines Zebras. Die Lava macht sich breit zwischen dem schmelzenden Schnee. Sein Haupt aber ist immer von strahlender Wolkenweiße und sendet selbst in der Nacht sein Licht aus, das wie die Milchstraße sanft den Himmel erhellt. Wir sind an seinen herrlichen Anblick gewöhnt – wie man sich in diesem Land gewöhnt an Ausblicke, Staub, Kamelglocken, Fieber, an den Ablauf der Stunden, an Morgen und Abend, und zu leben versucht, jeder, wie er es vermag. Und den Demawend sehen wir, wo immer wir uns hinwenden: wenn wir morgens das Zelt verlassen, wenn wir dem Fluss entlangwaten bis hinunter zu den Schwarzklippen, wenn wir stattdessen flussaufwärts gehen und den Graskessel erreichen, wo Kamele weiden und Ziegen und fettschwänzige Schafe.

Einmal bin ich zu einem Ruinenhügel geritten, der viele Stunden von hier entfernt in einem runden Talgrund liegt und noch von keinen Grabräubern, von keines Menschen Fuß berührt wurde. Den Nomaden bedeutet er nichts; denn kein Grashalm wächst auf seiner nackten, von einem wohl tausendjährigen Tod gezeichneten Oberfläche. Ich stieg hinauf, kehrte dem starken Wind den Rücken: Da erhob sich, in wunderbarer Ferne, wieder das weiße Haupt.

Heute ist es von einer leichten Wolke verhüllt – oder sind es Schwefeldämpfe? Aber der Krater ist längst erloschen. Selbst die Assyrer, welche berichteten, dass das fremde Volk der Meder sich bis zum Fuße des Bikni-Berges ausdehne, wussten nicht, dass es ein Feuer speiender Berg sei. Seit dreitausend Jahren schon ist er erloschen! Seit Menschengedenken!

Wie ich hinüberschaue zum Demawend, den ich aus langer Gewohnheit kenne und gewiss auch verehre, weil sein Haupt den Himmel berührt und sein Fuß unsichtbar ist, da vermischen sich meine Herzschläge wieder mit dem unaufhörlichen Rieseln. Ich werde ruhiger. Über mir heben die Felskämme zu glänzen an, die die Halden krönen, aller Schwere entblößt, und wenn mir auch nicht leicht zumute wird, so gewinnt doch das eben noch unerträgliche Geräusch die Qualität einer großen Stille.

Wir nennen dieses Tal manchmal »Ende der Welt«, weil es hoch über den Hochflächen der Welt liegt, weit von den begangenen Ebenenstraßen; keine Karawanenspur verbindet es auch nur mit der Wüste und den Toren ihrer Totenstädte Kerbela und Nejaf, wo es von geschäftigen Menschen wimmelt – Gebirgszüge ohne Ende trennen es vom Meer. Wohl trifft man da und dort auf einen Pfad; aber niemand außer den Nomaden weiß, wohin diese Pfade führen. Und es ist noch zu bezweifeln, ob die Nomaden es wissen, obwohl sie es sind, die im Lauf der Jahrhunderte die Spuren getreten haben; denn sie wandern geduldig mit ihren Herden und folgen den Jahreszeiten oder den Weideplätzen, bis der Kreislauf sich schließt und sie, in den ersten Tagen des Sommers, wieder hier eintreffen. Nein, sie kennen kein Ziel, und ihr Blick, wenn er über die Rücken ihrer Kamele streift und vielleicht weit darüber hinaus schon beim Demawend anlangt, ist von einer Ergebenheit, die Enge und Weite hinnimmt, von einer Geduld, die uns im Innersten erschreckt. Sie fürchten zweifellos den Tod nicht.

Sehen sie den Demawend? Erkennen sie, wie sein glatter Kegel den Talausgang versperrt? Merken sie nicht, dass er, wenn man versucht, ihm näher auf den schneegestreiften Leib zu rücken, sich sachte weghebt und entfernt wie der Mond?

Wahrscheinlich würden sie antworten: »Man kann seinen Fuß umgehen.«

Was liegt hinter seinem Fuß?

Sie würden den Kopf schütteln über eine solche Frage.

Man sagt, die Nomaden rauchen kein Opium.

Wenn man drüben im kleinen Tschaikhane, wo die Männer um den Samowar sitzen, den süßlichen Opiumgeruch zu spüren glaubt, der die Erinnerung an die Khans der Karawanenstraßen und an die Teehäuser der Städte wachruft, so braucht man nur genauer hinzusehen: Auf den Lehmbänken neben dem Herd, in der dunkelsten Ecke, hockt ein Soldat, einer der Pferdehüter des Schahs, die Bluse offen, die Schuhe neben sich, und raucht. Es ist besser, nicht zu genau hinzuschauen. Der Wirt stellt sich in den Weg und murmelt: »Er ist krank.« Das sagt er zu uns, den Faranghi, den Fremden. Und ringsum Schweigen, die Männer saugen ihren Tee durch ein Stückchen Zucker und wenden nicht einmal den Kopf. Wir aber sollten uns hüten – schon werden Erinnerungen wach. Wir sollten die Gesichter der Opiumraucher meiden, und die süßlichen Gerüche – den des Tschaikhanes, und den des mit Staub aus der Ebene gesättigten Windes, und die heiseren Stimmen der persischen Soldaten, und die Wärme, die der Samowar ausströmt, und noch den Rauch der Holzkohle, der die Augen beizt – kurz, alles Lebendige, alles, was man früher gekannt hat, alles, was die Ferne wachruft.

Die Ferne existiert nicht; denn wir können nicht höher steigen, nicht hoch genug, um über unser Tal hinwegzublicken, und über die Felsen und Schutthänge, die es begrenzen. Einmal – es ist lange her – lehrte man uns, die Erdkarte zu lesen, da wimmelte es von Namen, von Meeren und Flüssen, von großen Straßen, welche die großen Städte miteinander verbinden. Man lehrte uns auch, wie viel Menschen in diesen Städten und in jedem Land leben, wie sie miteinander Handel treiben und Krieg führen, wie sie siegen und unterjochen und besiegt werden im Lauf der Jahrhunderte, und endlich lehrte man uns: »Sie leben heute noch.« Um die Mittagszeit schreien sie an der Börse von Paris und Wallstreet, spät in der Nacht drängen sie sich in den Basaren von Istanbul; am frühen Morgen herrscht geschäftiges Treiben in den Khans von Taschkent, und tagaus, tagein werden die Toten begraben. Woher die Beweise nehmen? Die Zeitungen, die Radiomeldungen durchkreuzen die Welt. Wer am Morgen in Zürich erwacht, weiß, wie viel Tote heute Nacht in Abessinien, in Barcelona, in Shansi. Auch die Börse funktioniert, wenn nicht zum Frieden auf Erden beitragend, so doch den Menschen zum Wohlgefallen.

Aber hier oben, im Tal am Ende der Welt, gibt es keine Zeitungen, und wir haben vergessen, ein Radio zu installieren. Ich für meinen Teil habe schon damals, als ich die Namen der Städte lernen musste, an ihrer Existenz gezweifelt. Ich dachte darüber nach und kam zu dem Schluss: Es ist wie im Kino. Da zeigt man uns auch, sehr schnell hintereinander, die Schauplätze und Kriegsschauplätze, und jemand, dessen glatt rasiertes Gesicht einen Augenblick auf die Leinwand geworfen wird, erklärt uns dazu: Der Sieger im Marathonlauf, gestern aufgenommen, die Gefangenen in China, soeben exekutiert, Kirschblüte in Japan und an der Donau, Einzug des Diktators, jubelnde Volksmassen, Friede auf Erden, zwei Arme greifen um den Erdball und reichen sich die Hand, obwohl die Kugel sich in rasender Geschwindigkeit dreht. – Was weiß jener Herr davon, der so geläufig spricht? – Frieren jetzt in dieser Minute irgendwo Soldaten in ihrem Biwak und putzen ihre Gewehre, um keinen Arrest zu bekommen? Wird gerade jetzt, in dieser Stunde, irgendwo eine Glocke geläutet? Gehen die Gefangenen im Kreis? – »Träum nicht«, sagte der Lehrer, »alles zu seiner Zeit, jetzt haben wir Erdkunde. In welchen Staaten gibt es Ölfelder?« Ich antwortete: »Mexiko, Rumänien, Oklahoma, Baku …« – »Baku ist kein Staat«, sagte der Herr Lehrer, und er hatte recht, und ich durfte mich setzen. Jetzt weiß ich besser Bescheid als er; denn ich war in Baku, und ich würde ihn fragen: »Wie war es doch, damals, mit Baku?«

Wie war es mit Baku …

An einem kalten Abend verließen wir den Kaviarhafen Pehlevi, die trostlose Küste Persiens, auf einem kleinen Dampfer, an dessen Heck eine verblasste, sturmzerfetzte rote Fahne wehte. Das Stampfen der Maschine, Dröhnen, Krachen, Klirren und Rollen verursachten mir schwere Träume. Am nächsten Morgen ging ich an Deck und sah die graue, bewegte Kaspi-See, den wehenden Nebel, den wolkenbestürmten Himmel, lastendes Grau und Leere, bis im Norden ein kahler Hügel aus den Wogen stieg, auf seinem Rücken kahle Bäume – ein schwarzer, offenbar verkohlter Wald. Der Kapitän klärte mich auf: die Öltürme von Baku …

Ja, jetzt weiß ich Bescheid. Ich war in Baku und in vielen anderen Städten. Ich lernte herbe Enttäuschungen kennen. Ich träume nicht mehr auf der Schulbank. Und doch, wer zwingt mich, an die Existenz eines einziges Dorfes zu glauben, das ich auf der Landkarte verzeichnet finde?

Ach, die Namen erreichen, die Mauern berühren und durch die Gassen gehen, meinen Schritt auf dem Pflaster hallen und mein Herz schlagen hören!

Das ist das Geheimnis: Ich weiß nicht, was außerhalb von mir existiert. Ich bin unschuldig, solange ich den geweihten Ort, geweihten, magischen Namen nicht erreiche. Am Ende des Raumes, am Ende der verrinnenden Zeit, ich zweifle nicht, da leuchten die goldenen Kuppeln im Abendschein. Aber was bedeutet es, hier und dort, gleichzeitig – und wo ich bin, hier oder dort, sei dem Zufall meines Willens überlassen? – Ach, den Boden betreten, ihn durch meinen Atem lebendig machen! Ach, Wirklichkeit, Wirklichkeit!

Ich habe mich, seitdem ich ein Kind war, nicht verändert: die gleichen Sehnsüchte, die gleichen Zweifel. Nur bin ich jetzt auf der Hut. Damals waren alle Wege offen – warum ließ ich es mir nicht daran genügen, warum musste ich so hartnäckig den Umwegen, Irrwegen folgen –, und alle endeten hier oben, in diesem »Glücklichen Tal«, aus dem es keine Rückkehr mehr gibt.

Persien? – Fremde? – Ich trete aus der niedrigen Tür des Tschaikhanes – ich könnte auf einer Schafalp sein, hoch oben am Julier-Pass. So denke ich, beim Anblick der grünen Matten – aber was sollen solche Vergleiche!

Sie sind nur Umwege der Erinnerungen, Schleichwege des Heimwehs – und dieses Wort möchte ich schon gar nicht laut werden lassen. – Wir haben in Persien gelernt, uns vor unnötigen Kämpfen zu hüten. Man sollte sich seine Feinde wählen wie seine Ziele: den Kräften gemäß, über die man verfügt. – »Man soll wissen, was man will.« – Man *soll*, man *will* – aber was weiß man? – Unfruchtbare Formel der Unfreiheit! Ihr gehorchend, entschlossen wir uns, noch auf der Schulbank: vorbei die Zeit der Abenteuer, der Spiele mit dem Feuer, der kindlich-schmerzlichen Amouren, der großen

Ambitionen: eine Uhr als Geschenk zur Konfirmation – und wir waren erwachsen. Einer wollte Kapitän werden auf dem Zürichsee – er galt immer schon als Sonderling –, ein anderer legte die Flugzeugmodelle weg, die er mit Geschick verfertigt hatte, und trat als Lehrling ein in eine Reparaturwerkstätte – denn Talente setzen sich durch, und wer ein Häkchen werden will, den muss man nicht erst mahnen.

Ach, ich bin, während ich so schreibe, von Spott und zynischer Gesinnung weit entfernt – sie würden zu nichts anderem taugen, als ein gekränktes und ohnmächtiges Herz zum Schweigen zu bringen. Hoffentlich kennen sie solche Schmerzen nicht, der Kapitän und der Automechaniker: Das Leben in der zivilisierten Welt bietet ja andere Hilfsmittel, um unbequeme und gefährliche Stimmen verstummen zu lassen: ordentlicher Lebenswandel, Mahlzeiten, Pflichten, Familienleben und Todesfälle, Tageszeitung, Gerichtsverhandlung, geselliges Zusammensein alter Klassenkameraden, Unglücksfälle und Verbrechen, Dichterehrung, Nationalgefühl und Bildung, Kirchenbesuch und »Wehrt den Landesfeinden«, und ein Fußballspiel am siebenten Tag; alles Anregung und Ablenkung, bis das Gewissen versenkt ist in der stillen Bucht und der ungestillte, ewig jugendliche Drang des Menschenherzens verebbt in schöner Bescheidenheit.

Oh, Selbstzufriedenheit, wahre Weisheit, rechtzeitig zu erkaufen um einen angemessenen Preis! Kein Opfer zu gering! Einen Entschluss fassen zu können, ehe es zu spät ist! Gut gewählt ist halb gewonnen!

Ich war frei, durfte wählen! Archäologie, Reise und Abenteuer, Fundstätten auf den Alexander-Routen, den Trümmerfeldern Asiens – »Istanbul, Archäologisches Institut«: die erste Adresse der Ferne. Unvergessliche Stunde des Aufbruchs! Das Leben stand auf der Schwelle des Schlafwagens, der mich durch die Balkanländer trug – Länder, gehüllt in Dämmerung, Hirtentrauer auf gelben Hügeln … Ich aber kannte die Bedeutung der Worte nicht, »Freiheit« und »Unfreiheit«, sie konnten mir nichts anhaben. Da glänzten im Morgenlicht die Mauern des alten Byzanz, die Kuppeln Konstantinopels, die Kupferdächer des Basars von Stambul, und auf dem leuchtenden Meer fuhren Schiffe mit rostbraunen Segeln: nach Zypern, nach Ägypten, Griechenland, an die Küsten des glücklichen Arabiens …

Hätte ich wissen müssen, wohin die Wege meiner Freiheit führen? – Hätte ich es wissen müssen?

Oh, Freiheit, Freiheit!

Alle Wege, welche ich auch ging, welchen ich auch entging, endeten hier, in diesem Tal, das keinen Ausgang mehr hat und deshalb schon dem Ort des Todes ähnlich und den Feldern der Engel benachbart sein muss …

Die Dunkelheit sinkt jetzt herab wie eine Wolke, die Felswand schimmert, der Fluss spiegelt sie, drüben heben sich deutlich unsere weißen Zelte ab. Ich gehe zum Ufer hinunter, im tiefen Gras liegt ein Fohlen, die zierlichen Hufe gekreuzt. Und ringsum auf dem Talboden, vom Ufer bis zur Felswand, stehen im Schlaf die Pferde des Schahs.

2

Diese Nächte sind endlos! Die Qual dieser Tage ist nicht mehr erträglich! Auf was habe ich, früher, gehofft, als ich die Morgendämmerung ungeduldig erwartete?

»Die Spannung – unseres Lebens eigentliches Element!« – Entrissen seiner Sphäre, entrissen unseren vertrauten Tröstungen, atmendem Antlitz, schlagendem Herzen, lieblich wechselvoller Landschaft, muss man sich endlich preisgeben den großen Höhenwinden, die auch unsere letzten Hoffnungen in Fetzen reißen. Wohin sich wenden? Ringsum nur Kahlheit, basaltgraue Felsränge, lepragelbe Wüsten, tote Mondtäler, Kreidebäche und Silberströme, in denen die Fische gestorben abwärtstreiben. Wohin?

Oh, Ratlosigkeit, gelähmte Flügel! Da dringt nicht einmal der Ablauf von Tag und Nacht in unser Bewusstsein, obwohl der Tag glanzvoll ist und schattenlos und die Nacht erleuchtet von kalten Gestirnen. – Wie das *Unerträgliche* beschreiben? Wie die Worte finden? Welche Krankheit hat mich befallen?

»Malaria-Fieber«, sagten sie in Teheran – das ist viele Monate her. Die Anfälle wiederholten sich. Man gab mir Chinin und Atebrin. Man verbot mir, im eiskalten Teich im Garten von Farmanieh zu schwimmen. Längst hatte ich aufgehört zu arbeiten und hatte das Leben auf der Ausgrabung mit dem Leben der Gesandtschaft vertauscht – das wallende Staubmeer über unseren Ruinen, den kargen Granatapfelhain mit den großen, kühlen Gärten von Schimran. Man pflegte mich, man ließ die Diener die alten Teiche von Farmanieh ausschöpfen, und man tötete die Moskitos mit Petroleum. Ich würde mich ganz erholen, sagte man mir. Ich hörte es, es sagte mir nicht viel. Viele Europäer in Teheran haben Malaria, man stirbt nicht daran. Die andere Krankheit bereitete sich vor, unsichtbar. Als ich mich nicht erholte, brachte man mich hierherauf, in das Lahr-Tal. Gute Freunde sind um mich. Die Luft ist frisch und stark, nur die Sonne tagsüber ist tödlich. Und es gibt keinen Schatten. Wir sind hoch über der Baumgrenze. Wir sind an der Grenze der Welt. Ach, unsere einsamen Zelte!

Was soll aus mir werden?

Nein, in dieser Höhe hat man kein Malaria-Fieber. Es geht mir besser. Keine Abende mehr, eingekreist von der Krankheit, keine Ausrede, keine Erklärung. Nichts mehr zu bekämpfen: wie ich damals, in Farmanieh, die Furcht bekämpfte, die Kälte in den Gliedern, die peinigenden Schmerzen im Rücken. Wie der Frost mich anpackte und schüttelte. Wie ich mich in die Decke aus schwarzem, glattem Ziegenhaar hüllte, während vor dem niedrigen Fenster die Hitze schwer in den Büschen hing und draußen, außerhalb der Gartenmauer, die Luft unbewegt über der weißen, versengten Ebene – kein Gewitter sammelte sich am stahlblauen Horizont. Ich lag und wartete auf das Fieber. Es löste die Kniekehlen und linderte die Schmerzen im Rücken, es hüllte mich ein und nahm mir den Atem, es hämmerte in den Schläfen, das Moskitonetz über meinem Bett löste sich auf, ich sah lichten Nebel und dann nichts mehr. Ich lebte nur noch, um mit Anstrengung die Wellen des Fiebers zu atmen. Es verwandelte sich, wenn ich ganz erschöpft war, in Schlaf.

Damit ich gesund werde, brachten sie mich in dieses Tal. »Auch in diesem Land kann man leben«, sagen sie mir. Und wir leben, gewiss, ich lebe noch. Am späten Nachmittag, wenn die Schatten den Fluss erreichen, gehen wir fischen. Kerim, ein alter Perser, begleitet mich. Von ihm lerne ich, wo die Forellen spielen und wo sie sich verborgen halten, im klaren und stillen Wasser, unter den Sandbänken in dämmeriger Kühle. Ich lerne die Schnur auswerfen und der bunten Fliege folgen, die langsam davongetragen wird, tanzend. Wenn die Schnur sich strafft, die Fliege in den Wellen untertaucht, möchte ich die Angel fahren lassen. Aber ich ziehe die Schnur ein, darauf bedacht, den Fisch zu halten, ohne dass meine Rute bricht. Töten, denke ich – man muss ihn töten –, und warte angewidert, bis Kerim der Forelle die Kiefer geöffnet, das Genick gebrochen hat. Ringsum schon die Nachtstille, gurgelndes Wasser. Der Alte hockt neben mir am Uferrand, rollt Zigaretten, lässt in der hohlen Hand ein Streichholz aufflammen. Das leise Knistern, die winzige Glut wecken den Wunsch nach Wärme. Ich schaue auf und begegne dem Himmel, einem Meer heller Wolken. Es ist spät geworden. Der Fluss strömt kalt, schwarz und schnell. Er scheint zu steigen und sich auszubreiten, die Hügel weichen zurück, die Uferbänke werden lautlos überflutet, und sanft treten in der Ferne Gipfel und Kämme hervor, Weltende-Kulissen. Ob die Steinböcke noch über die Geröllhalden fliehen, ob sie ruhen im Schutz der silbergrauen Felsen, hoch oben?

Ach, wunderbare Verwandlungen dieses Landes! Das Spiel seiner Abendfarben mündet jetzt ein in die majestätische Gelassenheit der Nacht. Durch den weiten und stillen Talg rund rinnt der Fluss, der sich an keiner Böschung mehr stößt. – Weite, Weite, bis hinab zu den Ebenen, deren Hauch zu dieser Stunde nicht mehr erschreckt, und der drohende

Leib des Demawend ist ein schwebendes Gestirn geworden. Die Weiten vermählen sich, Zugvögel schwanken schlafend im Wind über der Kaspi-See, über den Abstürzen des Persischen Golfes, über allen Wassern. Ringsum, in unserem Tal, rauchen die feuchten Wiesen. Und der Fluss, ehe unsere Zigaretten zischend versinken, wird einen Augenblick lang zu einem Spiegel unermesslicher Tiefe. In der zurückgekehrten Stille schlägt mein Herz langsam. – Öffnet die Erde ihren Schoß? Versinkt dieses Tal in ihrer Umarmung wie unter den Fluten eines Meeres, die sich wieder schließen? Wir sinken, sinken – oder sammelt sich nur in mir alle Trauer, die des vergangenen Tages, die von morgen, sinkt und füllt mich bis zum Rand? Oh, um eine gelassene Stunde!

Aber was nenne ich Trauer, was ist Gelassenheit?

Ich kann die Stille nicht mehr vom Rauschen des Flusses unterscheiden. Was sich in mir sammelt, ist Schweigen. Und ein eisiger Wind fährt durch die nassen Kleider. Frierend, plötzlich erschöpft, folge ich Kerim durch das knietiefe, pfadlose Gras. Es ist noch weit bis zu unserem Lager; aber wir können es im Auge behalten: den roten Schein des Küchenfeuers, hinten, im Schutz der Felsen, und die Umrisse der Firste – die Lampen in den Zelten sind schon angezündet. Wir gehen schneller.

Mein Diener Mahmut hat heißes Wasser gebracht

und in die Wanne aus Segeltuch gefüllt. Ich sitze auf dem Feldbett, reglos, mit gekrümmtem Rücken. Im Rücken sitzt die Erschöpfung und breitet sich aus. Ich sollte aufstehen, die nassen Kleider ablegen, mich waschen, mich warm anziehen. Ich sollte mich beeilen; sicher warten sie drüben im großen Zelt auf mich. Ich sollte aufstehen, mich wehren. Kämpfen nach rechts und links!

Der Gedanke trifft mich: Gegen was kämpfen? Ich krümme mich noch mehr zusammen, stütze den Kopf auf die Hände, balle die Hände zur Faust. Flau ist das, kraftlos. Die Hand fällt schwer auf die Knie. Ich kann die Faust nicht mehr ballen. Ich schaue in die kleine Flamme, die im Glaszylinder der Petroleumlampe flackert. Die Augen brennen. Ich habe den ganzen Tag nichts anderes getan, als in das Licht zu schauen. Die silbergrauen Felsen blendeten. Die Sonne war ein weißer Feind. Ihre Strahlen sammelten sich zu unbarmherzigen Pfeilbündeln. Unter ihnen zerbrach das Flusswasser, wurde zertrümmert wie eine Glasscheibe. Legte man sich ins Gras, um sich vor dem Licht ringsum zu schützen, so war die Erde trocken, und aus der Dunkelheit, in die man das Gesicht presste, stiegen bunte Kugeln auf. Man lag eine Weile still und horchte. Da vernahm man weithin ein leises Rascheln von abertausend Füßen: die Heuschrecken. Gepeinigt warf man sich auf den Rücken: Da begegnete man dem

Himmel, man brauchte nicht einmal die Augen zu öffnen. Furchtbare Qual! Dieser Himmel ist nicht einmal feindlich, nur zu groß! Hoch und weiß in der Mittagsglut, ohne Wolken, ohne Vögel, ohne Wind. Eine goldene Kuppel, ein Bleidach. Man sage mir nicht, es gäbe nur einen Himmel, wie es nur einen Mond, eine Milchstraße, ein Sternensystem gibt. Der Himmel dieses Landes, der persische Himmel, hat nichts mehr gemein mit dem vertrauten Himmel meiner Kindheit. Der war freundlich über Hügel, Wiesen, Seen gebreitet, die seine Bläue tranken, er spielte mit dem Laub der Bäume, seine sanften Winde brachten Kühle und bewegten das Gezweig. In der Nacht hob man die Augen zu seinem majestätischen Zelt, da leuchteten Sterne und schwebten zarte Wolken voll tröstlicher Ahnungen. Aufatmen! Geborgenheit! Die Wälder rauschten …

Aber hier? *Hier?*

Man kann den Himmel nicht von der Erde trennen, die er versengt hat. Unten in der Ebene umarmen sie sich an einem Horizont von Staubgarben. Die Erde erstickt unter seinem Aufgebot an Flammenreitern, die dahinfegen, ein Meer von gelbem Sand vor sich hertreibend. Gazellen bleiben auf der Strecke zurück, die schönen Augen gebrochen. Land ohne Gnade!

Ich bin in dieses Tal geflüchtet, es liegt am Ende aller Wege, es ist von der Welt getrennt durch hohe Gebirgszüge, es ist umgürtet, behütet, ein friedliches Hochtal, seine Nächte sind kalt. Der Demawend ist sein himmlischer Wächter. Schafherden weiden, sie haften wie Flaum an den Hängen. Kamele schreiten frei über Felsbänder, Fabeltieren ähnlich. Schwarze Ziegen mit strotzenden rosa Eutern trappeln durch den grasigen Talgrund. Am Abend fegen die Soldaten des Schahs über die Kiesbänke, jagen die Pferde auf, die sich, eine unermessliche Herde, Rücken an Rücken, in den Fluss stürzen. Das Tal widerhallt vom Rauschen des Wassers; über den gedrungenen, gebäumten Hälsen der Pferde stehen die Mähnen wie Windfahnen. Die Pferde erreichen das andere Ufer, tauchen aus der Flut, packen mit den Hufen die Böschung an, stürmen in gewaltigen Sätzen hinauf, schütteln sich wiehernd, Silberregen umsprüht sie. – Ein glückliches Tal, reich an Gras, Wasser und Fischen, fern von den Städten, fern von den begangenen Straßen, fern von den Opiumhöllen. Das Fieber vergeht, verdünnt sich in den Adern, versickert. Man ist rings umgeben von der großen Gelassenheit der Natur. – Nicht einmal feindlich, nur zu groß! Und immer kein Friede? Neue Fieber, neue Unruhen, neue Erschöpfungen? Die Augen brennen, das Herz hämmert, ich kann die Hand nicht zur Faust ballen? Ein Tag ist überstanden – und immer kein Ausruhen? Könnte ich die Lampe löschen!

Ich bin hungrig, denke ich. Und ich friere. Im großen Zelt steht vielleicht schon das Abendessen auf dem Tisch. Das Wasser wird kalt. So denke ich, und meine Augen verlassen die klein gewordene Flamme und wandern im Zelt umher und haften an den vertrauten Gegenständen – es sind ihrer nicht viele –, wie um sich zu vergewissern. Das Zelt ist geräumig, die senkrecht gespannten Wände sind sorgfältig mit dem Leinentuch verbunden, das den Fußboden bildet. Darüber sind zwei Teppiche und ein Kelim ausgebreitet. Den Kelim habe ich von Bahtiyar-Nomaden in der Nähe von Persepolis gekauft, er ist gelb mit roten und schwarzen Mustern und wirkt heiter. Auch die Wände sind gelb, in halber Höhe sind bunte Schnüre gespannt, daran hängen ordentlich aufgereiht meine Sachen: Reithose, ein paar grob gestrickte Pullover, wollene Hemden, Kniestrümpfe, daneben der Rucksack, eine Thermosflasche, ein Taschenmesser an langer Kette, Angelschnüre, ein Seil, eine Taschenlaterne. Neben dem Ausgang der Schlafrock aus grauem Flanell, der fleckige Kamelhaarmantel. Auf dem Feldbett liegt eine schwere Decke, schwarz und weiß gestreift, aus Ziegenfilz. Außer dem Feldbett gibt es einen Stuhl und den Tisch, darauf die Lampe, Schreibzeug – die Tintenflasche ist halb geleert –, ein Stoß weißes Papier, ein paar Bücher. Genau gesagt, sind es fünf Bücher: ein dicker Band

Cambridge Ancient History, ein Büchlein mit rotem Deckel *Pottery of the Near East*, vom British Museum herausgegeben, die Briefe Diotimas an Hölderlin, Marcel Brions *La résurrection des villes mortes* und ein englischer Roman, den ich nicht gelesen habe. Die Auswahl dieser Bücher ist nicht zufällig, sie verändert sich nicht von Tag zu Tag und wird nicht bereichert. Es sind immer die gleichen vier Bände, in denen ich blättere, und der fünfte Band, den ich liegen lasse. Vielleicht habe ich einmal, ganz am Anfang, als ich meine Siebensachen für die Reise zusammenpackte, diese Bücher zufällig zur Hand genommen und ausgewählt. Ich hatte keinen Platz zu verschwenden und beschränkte mich daher auf fünf Bände. Übrigens lese ich hier oben selten, die Auswahl hatte also keine große Bedeutung. Aber jetzt sind die Bücher da, in meinem Zelt – ich denke, die Bibel in einem Bauernhaus nimmt einen ähnlichen Rang ein –, und jede Seite ist mir unersetzlich wie das Hemd, das ich trage, wie die Tabakspfeife in meiner Tasche. Gegenstände haben in dieser Einsamkeit eine neue Bedeutung. Ihr Dasein bestätigt mir das meine, ich vergewissere mich ihrer, um sicher zu sein, dass ich noch da bin, ein isoliertes Lebewesen, ein Mensch, und dass ich einen Namen trage, eine Herkunft habe, auf irgendeinem Weg bis hierher gelangt bin.

Jetzt sehe ich meine Hände an, die auf meinen

Knien ruhen: meine Hände (aber wie leblos, leblos …). Jetzt möchte ich einen Spiegel haben: »Das bist du, noch nicht entfremdet, nicht verloren« – breitet sich nicht Wohltat aus? Ach, nur die Kühle der beginnenden Nacht. Die Pferde lagern im tiefen Ufergras, die Schafherden sind im Schlummer an die Halden gesunken, die Murmeltiere verkriechen sich in ihren Höhlen, Kamele lassen sich auf die Knie nieder. »Nur der Mensch …« – aber auch die Nomaden schlafen längst in ihren schwarzen Zelten.

Da stehe ich endlich auf, vertausche meine nassen Kleider mit warmen und trockenen, blase die Flamme im Glaszylinder aus. Draußen muss ich achtgeben, um nicht über eingerammte Pflöcke und gespannte Seile zu stürzen. Durch die Spalten unseres Wohnzelts schimmert Licht, ein Teppich hängt vor dem Eingang. Ich kehre der Nacht den Rücken, Wärme empfängt mich, Behaglichkeit, ein Glas Whisky, Zigarettenduft. Ich trinke, ich sehe die Freunde an, in ihren bequemen Sesseln ausgestreckt, braun gebrannt, frisch rasiert. – »Wie viel Forellen heute?« – Einer, in brauner Sammetjacke, stopft seine Pfeife. Ein anderer füllt die Gläser. – »Und du?«

Und ich? »Wenn ihr so weitermacht«, sagt Marjorie, »dann haben wir in einer Woche keinen Gin mehr.« Sie lacht, ihre Stimme ist hell und freundlich. Blauer Rauch steigt auf: vom Mangalbecken, von unseren Zigaretten. Die Nachtkälte dringt nicht durch die gut verschlossene, doppelte Zeltwand. Der Tisch ist gedeckt. Gleich wird Ahmed das Essen bringen. Suppe, gebratene Forellen. Es ist gut, Gewohnheiten zu haben, eine Tageseinteilung, ein warmes Haus. Nur die Grasbüschel, die man durch den Teppich hindurch unter den Füßen spürt, erinnern daran, dass unser Haus ein Zelt ist. Die Engländer verstehen es, sich überall einzurichten, überall ihr heißes Bad, ihren »ersten Tee« im Bett vor dem Frühstück und ihren Nachmittagstee um fünf Uhr zu haben. Am Abend zieht man sich um, sogar wenn man in einem Zelt lebt, zweitausendfünfhundertdreißig Meter über dem Kaspischen Meer. Im kleinen Hafen Bushire am Persischen Golf traf ich einmal, abends zwischen acht und neun Uhr, einen jungen Engländer, der ganz allein an der schmutzigen Theke des Hotels lehnte. Er trug ein tadelloses weißes Dinnerjacket. Wir waren die einzigen Europäer im Raum, er stellte sich vor: Angestellter der »Anglo-Iranian Oil Company« – und bot mir einen Wermut an. Es herrschte eine fürchterliche Hitze. »Und Sie sitzen hier, ganz allein?«, fragte ich, ohne meinen Gedanken auszusprechen, dass es ein wenig lächerlich sei, unter diesen Umständen, sich umzukleiden und die Cocktailstunde einzuhalten. »Es ist erträglich«, antwortete mir der junge Mann, »nur das Bier ist scheußlich, man bekommt kein sauberes Eis.«

Hier oben im Lahr-Tal brauchen wir kein Eis, das Wasser des Flusses tut denselben Dienst. Mit dem Gin müssen wir sparsam umgehen. Die Nomaden bringen uns Holzkohle, die in den Wäldern von Mazanderan gebrannt wird, ferner frische Schafmilch, manchmal ein Lamm. Außerdem haben wir ja täglich Forellen. Wir leben gut, denke ich. Mir scheint, ich sehe dies alles heute Abend zum ersten Mal. Dieses Zelt, unser Haus. Die Teppiche, warm und weich über das Gras ausgebreitet, wurden von den Frauen der Bakhtiari, der Kaschgai, der Turkmenen geknüpft. Diese Gläser aus dem Basar von Teheran stammen sicher aus Japan. Der Gin wurde in England destilliert. Die Holzkohle glimmt und verbreitet Wärme. Maultiere trugen sie bis hierherauf, über abschüssige Gebirgspfade. Wenn wir keine Holzkohle mehr haben, werden wir trockenen Mist brennen. Wir werden leben, leben – jeder, wie er es vermag. – Warum zittere ich? – Das Licht der Petrollampen ist angenehm, man gewöhnt sich daran. Unsere Stühle, zusammengefaltet, sind nicht größer als ein Regenschirm, man kann sie leicht an den Seiten eines beladenen Maultieres festbinden, und doch sind sie bequem wie Klubsessel. – So gut haben wir uns eingerichtet! Ahmed bringt dampfende Schüsseln, gewärmte Teller. Du lieber Gott, wie hungrig ich bin!

Draußen reißt der Nachtwind an den Seilen unserer Zelte.

Dann der aussichtslose Schrecken der Nachtstunden! Wieder allein, beginne ich mit meinen Schritten das Zelt auszufüllen, vom Feldbett zum Tisch, der Wand entlang bis in die Ecke, da kann man das Gesicht verbergen. Den Eingang vermeide ich lieber, ich habe ihn fest zugeschnürt, den Wind ausgesperrt. Jetzt klatscht er gegen die Wände, sie wölben sich stöhnend wie Segel. Der Wind pfeift und sammelt seine Scharen. Hierher! Das Zelt wankt, der Boden wankt. Der Talgrund ist ein Schiff, Möwen kreischen um die Maste. Ich lausche. Dann gehe ich wieder, zwei Schritte bis zum Tisch, drei der Wand entlang, und je länger ich gehe, umso leichter, umso befriedigender wird es – bald werde ich laufen, bald mich wie ein Kreisel drehen, mir wird nicht schwindlig. Hinstürzen wie ein Baum! Oder erschlagen werden, zugedeckt von Zweigen …

Man hat mich einmal eingesperrt. Gitter vor dem Fenster, die Türe fiel ins Schloss und hatte keine Klinke. Aber da wartete ich darauf, wieder befreit zu werden. Da malte ich es mir aus: frei über Wiesen und Hügel gehen. Meine Ungeduld hörte draußen die Welt atmen, die Wälder rauschen, tausend Segel sich blähen, und alles war mein, gehörte meiner Hoffnung. – Einmal war ich krank. Ich hatte Fieber und war durstig. Da träumte ich eine überströmende Traubenpresse. Ich trank, trank, und war unersättlich, und schlief der Genesung entgegen. Habe ich nie einen Menschen geliebt? Kann ich mich an keinen Namen erinnern, kann ich kein Gesicht beschwören? Oh, ich kannte die meerweite, meergleiche Täuschung, ich habe mich festgehalten an den geliebten Schultern, ich habe die geliebten Hände unter meinem Nacken gefühlt, auf meinen Augen den geliebten Mund. Umschlungen sind wir hinabgestürzt bis auf den Grund der Einsamkeit, und jubelnd stiegen wir wieder auf. Als Kind, in den Sommernächten, konnte ich nicht schlafen vor Ungeduld. Ich schlich mich hinaus, da war schon Morgen, und was für ein heller, wundersam taufrischer Morgen über den Wiesen! Im Kirchturm schwangen die Glocken ... Ich habe damals meiner Sehnsucht ragende Ziele gesetzt, ich habe meinen Schmerzen Namen gegeben und Lieder gesungen. Meine Liebe war wie eine Glocke in der Dämmerung, und wenn ich hasste, traf ich den Feind aus ungeteiltem Herzen. Für meine Zweifel hatte ich Fragen bereit, meine Angst begegnete einer geflügelten Tapferkeit. Ich wurde nie müde.

Was soll sich, seither, verändert haben? Bin ich nicht *derselbe*, ich, ungeteilt, die Welt mir gegenüber?

Damals – gestern – morgen?

Ja, gestern noch. Nach dem Frühstück nahm ich Papier und Feder und die halb geleerte Tintenflasche, rückte den Tisch unter das Sonnendach vor dem Zelt, begann zu schreiben. Der Wind, noch kräftig in der frühen Morgenfrische, stieg die Felswand hinab, ich musste das Papier mit einem Stein beschweren. Der Fluss, ein klares Gebirgswasser, munter über Steinen, voll tanzender Sonnenflecken. Gegen Mittag wurde die Sonne weiß, unerträglich. Ich zog mich aus, ließ mich den Fluss hinabtreiben, hielt mich an der Böschung und an den glatten Kieselsteinen fest; es war ein lustiger Kampf. Nachher musste ich zurücklaufen durch das hohe, knisternde Ufergras. Harte Stauden schürften meine Haut auf. Die Sonne legte sich schwer auf den Nacken. Die Augen zu einem schmalen Schlitz geschlossen, immer noch geblendet, lief ich, stolperte ich, bis ich endlich den Zeltschatten erreichte. Aber die Luft im Zelt war dumpf, erstickend. Ich träumte nachmittags, auf dem Feldbett ausgestreckt. Ich träumte, ich könne die Augen nicht mehr öffnen, die Lippen nicht mehr bewegen, ich sei gelähmt. Als ich aufsprang, war es fünf Uhr. Während wir im großen Zelt Tee tranken, wurde das Unbehagen teuflisch. Ich war froh, als Kerim mit der Angelrute kam, um mich abzuholen. So wurde es Abend. Ja, laufen über Steine, die Hände in den Dornbüschen, den Nacken gegen die wuchtige Sonne gestemmt, die Felswand hinaufklettern auf den Spuren der Steinböcke – die Sohlen brennen, die Knie zittern, nirgends Schatten! Der Himmel ein weißes Feuer! Tief unter mir spielende Fohlen, hämmernde Hufe, brausendes Wasser, das über Klippen stürzt, sprühende Kühle aussendend. Zurück zu den Zelten, die fest verankert auf der grünen Uferbank stehen. Zurücktauchen ins Leben!

Das war noch gestern. Was soll sich seither verändert haben? Ich wurde nicht gefragt, ob ich den Ablauf des langsamen Tages überstehen wolle. Kein Engel begegnete mir auf dem versengten Talboden, kein Antlitz stand hinter dem Dornbusch. Es war Leiden, Einsamkeit, Fieber in den Adern, kalter Schauer des Gebirgswassers unter der Haut, es waren Pfeilbündel, was weiß ich! – Eine Legion von Feinden, ein Höllenkonzert ihre Angriffe. Und doch lebte ich! Ich musste mit bis zur letzten verrinnenden Minute, bis zum letzten Herzschlag. Da lief ein Beben der Erschöpfung durch das Gras und bewegte die Halme. Ein Pferd erhob sich von den Knien, bog den Hals zurück und stieß ein Wiehern aus, das von den Felswänden aufgefangen wurde wie Trompetenstöße ... Signal zum Aufbruch?

Aber es ist Nacht. Eine Sanduhr an der Wand. Liegen, den schmerzenden Rücken ausstrecken, die Decke bis unter das Kinn gezogen. Das hohle

Knattern dieser glatten, steifen Decke aus schwarzem Ziegenhaar ist mir längst vertraut, es ist mir unentbehrlich geworden. Zum ersten Mal hörte ich es in der türkischen Stadt Konya, in einer Winternacht. Im eisernen Ofen brannte ein Feuer, aber die Stube wurde nicht warm. Die Wände des Gasthofes waren so dünn, dass der Wind hindurchwehte und die seidigen Haare der Decke bewegte. Es sah aus, als glitten Schatten über das Bett. Konya, Stadt der zartfarbigen Moscheen und Medressen; Schnee lag auf den Kuppeln. Man müsste sich er*innern*. Man müsste zurückgehen, Schritt für Schritt, dann würde man vielleicht den Anfang wiederfinden. Man müsste Namen beschwören, Gesichter anrufen, Städte aus dem Schlaf wecken. Man müsste Posaunenbläser aussenden, vor die Mauern und Tore von Bagdad, Jericho, Hama, Beirut, Aleppo, Lattakieh, Jerusalem, bis die Mauern zusammenstürzen. Zurückgehen bis zum Turm von Ur, der Zikkurat, der mächtigen Stufenpyramide, die ich bei Sonnenaufgang aus der Wüste emportauchen sah. – Warum schlafe ich nicht? – Aber ich liege reglos, das Gesicht lastet schwer auf dem Lederkissen. Sind es die Erinnerungen, träume ich, suche ich im Traum? Welche Anstrengung, was für ein ungeheurer Aufwand an Kräften, auf eine Spur geworfen, die hineinführt in ein Meer von gelbem Staub!

Aber es ist nutzlos, sich aufzulehnen. Ich kann den Wind nicht zum Schweigen bringen und den Fluss nicht aufhalten, ich kann den Zeltwänden und diesem Tal nicht entgehen, ich kann mir keine einzige Stunde ersparen.

Ich warte.

Auf einen anderen Tag?

3

Aber jeden Morgen, wenn ich mein Zelt verlasse, bin ich erstaunt über die wiedergeborene Schönheit dieses Tales. Noch herrscht Dämmerung, die Lampe der Nacht kaum erloschen, die Welt liegt in leichtem Höhenschlaf. Kein Wind regt sich. Die felsgekrönten Häupter der Berge berühren den Himmel. Die Tiere ruhen, die Vögel sind aus den Wolken gefallen, der Lahr-Fluss, nachts weit ausgebreiteter Mondstrom, Gefährte der Milchstraße, ist ein junges, murmelndes Gebirgswasser. Alles noch ohne Farbe, die Wiesen entkleidet und taufrisch, die Halden stumpfer Basalt, ihre steinigen Ränder Stirnreifen ohne Glanz, am anderen Ufer träumen die Pferde, graue Monumente. In dieser Höhe gibt es keinen Nebel, und der Rauch des kleinen Tschaikhane ist über Nacht kalt geworden. Meine nackten Füße im Gras, Frische rührt mich an, Schlaf und Traumwärme gleiten von den Schultern wie ein lästiger Mantel. Ich bin unverletzt, leicht, frei – kein Schmerz rührt mich an. Der Demawend ist ohne Substanz, eine Vision der Frühzeiten. Majestätische Unschuld dieses Landes!

Das Licht streift schon durch den Himmel, der unermesslich hoch ist, ohne Gestirn, ohne Glocken, ohne Weihrauch. Da erzittert das Gewölbe wie unter einem Gongschlag. Es bricht – und in den klaffenden Riss stürzt das Licht, erreicht die fernsten Gebirge, schießt zwischen Felszacken hervor, wirft sich in die Schluchten, goldbraun strömt es die Halden hinab, fährt es über die Felsen zu Tal. Die Schatten erkalten wie Lava, die Hügel glänzen wie warmes Fell von Wasserbüffeln, das Licht flieht wie eine Herde Gazellen durch alle Täler. Schau auf! Die Vögel haben ihre Schwingen wiedergefunden! Die Steinböcke kreuzen das Geröll der Abhänge! Kamele schreiten gravitätisch durch die Wildnis, senken die langen Hälse über das schmale Felsband hinaus, um ein Büschel Gras zu rupfen, ihre Höcker schwanken, sie reiben die mageren Flanken gegeneinander, sie sind riesengroß, sie werden alsbald ihr Gleichgewicht verlieren und plump durch den Himmel hinabfallen auf unsere Zelte. Wärme ergießt sich in das Tal, die Kiesbänke sind weißes Elfenbein zwischen dem Grün der Weiden. Unfassliche Fülle! Wunderbare Regsamkeit! Die Soldaten des Schahs galoppieren auf ihren scheckigen Pferden den Saumpfad hinab, lange Peitschen wirbeln über ihren Köpfen, sie jagen die Stuten von ihren Ruheplätzen auf, sie treiben die zitternden, steifbeinigen Fohlen an, sie hetzen die Herde dem Fluss entlang auf eine bessere Weide. Vor der Türe des Tschaikhanes steht der Wirt, eingehüllt vom blauen Rauch seines Samowars. Dieses Tal ist über Nacht eine begangene Straße geworden! Eine Karawane hoch beladener Maultiere kommt den Afjé-Pass hinunter, die Treiber gehen hinter den Tieren her, machen beim Tschaikhane halt. Talaufwärts ziehen Nomaden, eine vielköpfige Familie, eine ganze Sippe. Wo werden sie ihre Zelte aufstellen?

Die Weide des Talbodens ist karg, die Pferde des Schahs sind darüber hinweggetrabt. Die Nomaden überholen die geduldigen Maultiere, streben der Passhöhe zu, die Kinder treiben schreiend die Esel an, die Frauen schreiten aufrecht, auf dem Haupt ein Bündel Lammfell, einen kupfernen Kessel. In ihrer Mitte geht ein Kamel, es ist ihr einziges, es überragt sie, als führten sie ein Götterbild mit sich!

Ich schaue noch: vielfältiges Leben. Da hat die erste Stunde des Morgens ihren Lauf um den Erdball angetreten ... Ach, hinaufzusteigen! Zu schauen vom Dach der Welt, über seine Randgebirge und Abstürze! Bis hinunter zur Bläue des Persischen Golfes, der von Wüsten umgürtet ist! Die Sonne steht hoch, noch ist es Sommer, noch zittert Hitze über der Ebene von Teheran, noch ist es kühl in den grünen Gärten von Schimran, noch ist es Zeit! Begierde, den Straßen zu folgen, den weißen Spuren, den Flüssen – Begierde, die Städte zu entdecken, die Oasen, die goldenen Dome über Palmen – oh, unstillbarer Durst!

Persepolis: Die königliche Terrasse hängt wie an Seilen über der Ebene, die Pracht seiner Treppen, seiner Paläste ist von schlanken Säulen überragt, in den Ruinen des mächtigen Saales liegt das gigantische Stierhaupt, geborsten. Blick über die staubgelbe Ebene, an deren Ende noch immer die Berge ruhen wie gestrandete Schiffe. Naksch-i-Rustem, ragende Felswände, das Haus Zoroasthers, die Grabkammern der Könige – Tributbringer, Fackelträger, Büffel, Löwen, Hunde, Dromedare und Wildschweine geistern im grauen Gestein –, auf der Zinne die erloschenen Feueraltäre, darüber gibt es nur noch den Himmel. Alles noch einmal sehen! – Die Straße nach Schiras schießt durch die Ebene, pfeilgerade, und verliert sich in fernen Hügeln. Jenseits der Passhöhe steht ein blaues Tor, jenseits des Tores steigt man in die reizende Stadt hinunter, zu den Dichtergräbern, zu den Zypressen, in die magischen Gärten. In ihrem Schatten, am bunt gekachelten Teich, lag ich einen ganzen Tag, die Zypressen erhoben sich auf florentinischen Hügeln. Noch einmal zurückkehren … Magien, tausend an der Zahl, und ich zittere: Ein Leben wird nicht ausreichen, sich ihrer zu erinnern! Stand ich einmal auf dem Meidan-i-Schah, dem Poloplatz von Isfahan? – Sah ich einmal vom »Hohen Tor« hinunter auf die

Stadt, ihre leuchtenden Moscheen, ihre von Menschen wimmelnden Basargassen, saß ich einmal vor einem ihrer Tschaikhanes, im Weidenschatten, neben Turbanträgern, Nargilerauchern, Bauern, bettelnden Derwischen? – Einer ging durch die Menge, blind, im zerschlissenen Seidenmantel, eine hohe, mit Koransprüchen bestickte Mütze auf dem Kopf, die Kürbisschale in der Hand. Drüben, auf der anderen Seite des breiten, lehmigen Flusses, in Djulfa, gingen abends die Armenier zur Messe. Am gleichen Abend stand ich in einer Nische der großen Brücke, an mir vorüber eilten Droschken, rollten Lastwagen, klapperten die Hufe schwer bepackter Esel – verschleierte Frauen hatten in den Nachbarnischen ihre Samoware aufgestellt, sie schwatzten und lachten ohne Unterbruch. In den Schatten des Brückendaches bogen Kamele ein, unterwegs nach Süden. Mondlicht lag über den Fluten. In der Dunkelheit erhob sich eine helle, singende Knabenstimme und erhielt von der anderen Brücke Antwort. Helle, brüchige Stimmen der Christenkinder in der Mission von Urumiah, ein weißbärtiger kaldäischer Pater dirigierte ihren rührenden Chor. Urumiah, oben im Norden, im paradiesischen Aserbaidschan. Dort schlief ich im Schulzimmer der kleinen Mädchen, deren Eltern, Armenier und Kaldäer, von Türken, Persern, Kurden erschlagen wurden. Noch immer drängen sich abends die Christenfrauen im Missionshof und schöpfen Wasser – sie fürchten, die Mohammedaner der Stadt könnten ihre Brunnen vergiftet haben wie in den Jahren des großen Krieges. Sie erzählen: »Damals waren die Kanäle gefüllt mit dem Blut unserer Männer, rot flossen sie durch die Gärten!«

An einem schönen Frühlingstag zog ich mit den Schülern hinaus vor die Stadt. Neben dem Stadttor knarrte das Rad einer Wassermühle, da wurde das Korn gemahlen, das die Missionare auf ihren Äckern ernteten. Über einen Wiesenpfad gelangten wir in den ummauerten Obstgarten; es gab Kirschen, Pflaumen, halb reife Aprikosen und Pfirsiche. Ein anderes Mal gingen wir in die ersten Hügel Kurdistans; der Pater im Tropenhelm und weißen Mantel fischte mit der Angel, die Buben zogen sich aus, warfen sich in den Fluss und fingen die Fische in flachen Körben. Überall in den Feldern, bis an den Rand der Stadt, zerfielen die alten Wachttürme. Vom Dach der Mission aus sah man über den Gürtel der Gärten hinweg das weiße Ufer, die schwarzblaue, unbewegte Fläche des Salzsees – im Norden zarte Umrisse eines Gebirges, den in Sonne gebadeten Kaukasus. Ich grüßte die sanften Rebenhügel Georgiens, die Dörfer, die Eichenwälder, ich sah wieder die Festungskirchen von Mzchet, die Kirchen Armeniens, die bewehrten Höfe, die ossetischen Totentürme. Ich sah Tiflis wieder, die Stadt der hundert Sprachen, den Basar, wo alle Gesichter Asiens sich zusammenfinden, ich stieg in die Gassen der Altstadt hinab, die sich am Steilufer zusammenwürfelt, in einer Flussbiegung. Ich sah in einem Hof gesattelte Pferde, in einem anderen ein Meer von Kamelhöckern, in einem dritten knieten Frauen und bearbeiteten eine Rolle Ziegenfilz, Teppiche stapelten sich in dunklen Gewölben, es roch nach Pfeffer, nach geröstetem Schaffleisch, nach fauligen Melonen. Als ich mein Gesicht an die hölzernen Stäbe eines Haremsgitters presste, begegneten mir dunkle, längliche Augen …

Oh, leuchtende Traurigkeit der Sommerabende am Rand der fremden Städte, wo beständiger Aufbruch herrscht – Kamele, Eselherden, Reiter in riesigen Lammfellmützen; das bunt gekachelte Tor entlässt sie, draußen beginnt die Ödnis, sie entschwinden in einer Wolke von Staub …

Könnte ich mich erinnern! An die heiligen Städte, an Kadimen, Kum, Meshed, an ihre goldenen Dome, an die Totenstädte Kerbela und Nejaf, an die bewehrten Städte, die Zitadellen von Ankara, von Aleppo – Falken segelten über ihren Zinnen –, an die Hafenstädte, an die Ruinenhügel im Tal des Orontes. Ich bin mitten in der Nacht über die bleichen Gärten von Damaskus aufgestiegen und über die syrische Wüste geflogen, ein erstarrtes Meer, ein erloschenes Gestirn. Wir flogen nach Osten, der Flammenwand entgegen, da flutete samtiges Licht über die Sandhügel, große Schatten wanderten unter uns hinweg, die schwarzen Firste von Beduinenzelten waren von einem Wall aus Dornbüschen umgeben; ein Mann trat heraus, blickte zu unsrem Flugzeug empor, wandte sich dann ostwärts und betete. Wir aber hatten schon den schimmernden Euphrat erreicht, wir sprangen hinüber zu den trüben Fluten des Tigris, wir kreisten über Bagdad, das Flugzeug neigte sich seitwärts, da hingen die Minarette und goldenen Kuppeln von Kadimein im Morgenhimmel. Magische Namen, magische Anblicke, tausend Magien … Ich habe die Höhe des Peitak-Passes erklommen, ein düsteres und riesiges Gebirge, der Anfang Persiens – nicht endend die Fahrt über kahle Hochflächen, durch unfruchtbare Täler, unzählig die zurückgelassenen Windungen, und die Schneemauern, welche die Straße säumen, wachsend zu schmutzig gelben Wällen. Man konnte nur noch vorwärtsblicken. Der Wind jagte über die höchsten Kämme, die sich wie Brücken nach allen Seiten ausspannten in den unermesslichen Himmel.

Wenn ich mich zu erinnern versuche, dann scheint mir, wir seien tage- und nächtelang durch jene großen Einöden gefahren, schwefelgelben Sonnenaufgängen entgegen, die von den schwarzen Brandstätten der Halden und vom Schnee verschluckt wurden, bis nur noch trübes Zwielicht übrig blieb. Sonne und Mond lösten einander ab und hingen bleich am Firmament, vor uns setzte sich die Straße fort, zwischen Himmel und Erde. War so der Weg ins Gelobte Land? Hätte ich ihn vermeiden, umkehren sollen, gestern noch? Hatte ich mich zu weit vorgewagt?

Hatte etwa eine fremde Hand eingegriffen, ein Zufall, und mich auf diese Spuren der Fremdheit geworfen? – Dieses furchtbare Zwielicht, diese tödliche Größe! – Das war mir nicht bestimmt, dem war ich nicht gewachsen, nicht ich hatte diesen Weg gewählt – dieses Ich, das früher einmal gespielt hatte im Schatten der Laubbäume, den Geruch von Heu, warmem Gras und feuchtem Waldboden geatmet, sich gespiegelt hatte in blauen Seen, lachend die Anhöhen erobert auf federnden Sohlen, das Gesicht der Sonne zugekehrt, über Herbstwiesen geritten, glänzende Schneefelder durchquert, vertraut mit allen Straßen, in allen Gassen der Stadt beheimatet, alle Türme erstiegen und hinausgeschaut in das schöne und blühende Land. Ach, den Kopf bergen in zärtlichen Händen! Wie waren die Abende sanft, zu Hause, vergessen, verspielt, verträumt am Kaminfeuer – und noch die Ungeduld war sorglos, schmerzlos. Ich, das Haar zerzaust von allen Winden … nie wieder, nie wieder?

Aber was half es, so zu fragen? Ich hatte die Küsten des Mittelmeeres zurückgelassen, die Weinberge und Zedern des Libanon – das letzte vertraute Ufer eingetauscht gegen die Wüste, jetzt war ich schon auf der uralten Völkerstraße, auf der Königstraße der Achämeniden, auf der Höhe des Peitak-Passes. Fern von den vertrauten Tröstungen, allein. Die Fremdheit rührte mich an, ich erkannte mich nicht mehr. Was vermochte so viel über mich? Welcher Gewalt war ich preisgegeben? Ich war preisgegeben! Mir selbst entfremdet!

Aber schon am Abend des zweiten Tages erreichten wir Hamadan. Die Straße führte in riesigen Schleifen abwärts, in eine mit Schnee bedeckte Ebene. Hügelzüge unterbrachen sie, bald unterschied man Dörfer, Rauch kräuselte sich über den flachen Dächern der Lehmhütten, an den Abhängen schmolz der Schnee, gelbe Erde, dürftige Wiesenflecke wurden sichtbar, ein kleiner Fluss überschäumte von milchigem Wasser, schmächtige Weiden neigten sich über sein Ufer. Es gab also Frühling in diesem Land!

Leichter, von schrägen Sonnenstrahlen erhellter Nebel bedeckte es, und machte es umso lebendiger … Vergessen die Einöde, der fürchterlich entblößte Gebirgswall, der Schrecken des Zwielichtes. Ich sah vorwärts, sah Hamadan liegen, schwarz in der weißen Ebene, die Straßen liefen um den großen Ruinenhügel, der die mit Gold, Silber und

Lapislazuli bekleideten Mauern des alten Egbatan und alle seine Wunder birgt; die Stadt rückte näher, schon unterschied man die Häuser, Karawanenhöfe, Moscheen, Pappeln über den Dächern. In den Höfen schrien Esel aus vollen Lungen. Wir fuhren jetzt in der Ebene, überholten Kamele, die gravitätisch durch den Schnee schritten, Eis im zottigen Haar, die Glocken schlugen dröhnend gegen ihre Flanken. Das Land dampfte, badete im Abendlicht. Und weithin Weiße, Schnee auf den Feldern, Hütten, Herden, Bäume, Wasser, weithin Hügel und immer neue Hügel, weithin atmende Erde – die Welt war mir wiedergeschenkt.

So betrat ich zum ersten Mal Persien.

Und seither habe ich auf alle Arten in Persien zu leben versucht. Es ist mir nicht gelungen. Ich habe mich doch bemüht! Zweimal bin ich abgereist, zweimal zurückgekehrt, als schuldete ich diesem Land Treue! Was hatte ich darin zu suchen? Hatte ich nicht genug gesehen, gleich das erste Mal, kannte ich nicht alle Moscheen von Isfahan bei ihren Namen, hatte ich nicht die riesige Hochebene durchquert, von den Gärten von Schiras bis zum Fuß des Elbrus, hatte ich nicht die großen Gebirgswege überstanden, Nächte an überschwemmten Ufern gewartet und in der Morgendämmerung aus dem noch schwarzen Land die Geburt des Demawend erlebt?

Es war ein *anderer* Demawend als der, der hier den Ausgang unseres Tales versperrt. Dieser ist ein Gigant, ein Unberührbarer, Ungeborener, ein Sohn des Himmels. Er trägt jetzt, im Sommer, ein gestreiftes Kleid aus Lava und schmelzendem Schnee. Um seine Schultern hat er sich eine Wolke gelegt und verhüllt manchmal auch das leichte Haupt. Er hat keinen Fuß, er schwebt über den Tälern, ragt über alle Gebirge, grüßt das Meer und vermählt sich mit den Sternen. Er ist gewaltig und unbeschwert zugleich. Er leuchtet Tag und Nacht in einem milden Licht. Ohne ihn wäre dieses Tal nichts, es wäre wie tausend andere Täler. Er macht es zum Tal am Ende der Welt.

Landkarten trügen. Sie kennen nur *einen* Aspekt, und im Kreuz von Norden, Süden, Osten, Westen bleibt der Demawend immer ein und derselbe. Ich habe aber einen anderen Demawend gesehen. Es war, ich erinnere mich, im Frühling, auf der Strecke zwischen Isfahan und Teheran. Im Frühling, und die Bäche traten über ihre Ufer. Ströme brachen aus Gebirgsschluchten hervor, ohne Ankündigung, wie Lawinen. Sie stürzten in die Ebene, bahnten sich ihren Weg, gruben sich ihr Bett, nährten sich von der dürftigen persischen Erde, wurden gelb und schwer und mächtig, als wollten sie ihre breiten Fluten einem Meer zuführen. Aber schon nach zwei Tagen, oder nach einem einzigen, wurden sie von der großen Ebene aufgesogen und ließen nur ein wüstes Bett zurück. Hindernisse auf dem Weg, Hölle der Hindernisse! – Zum ersten Mal in Persien, wollte ich fliegen – und blieb liegen an einem Flussufer, weil es keine Brücke gab, weil dieser Fluss nicht vorgesehen war auf den Landkarten, weil der Schnee taute in namenlosen Hügeln, weil es Frühling war. Am Abend waren wir von Isfahan aufgebrochen, mein Kollege Berger und ich. Zusammen mit den Kamelkarawanen hatte unser Wagen das bunte Tor passiert, draußen überholten wir die Karawanen, eine um die andere – der ganzen Straße entlang dröhnten die Glocken. Ein Treiber rief uns eine Warnung zu, er saß vermummt auf seinem Höcker, den Filzmantel über den Kopf gezogen. – »Was schreit er?«

»Langsam, langsam, es kommt ein großes Wasser …«

Da trat Berger auf die Bremse. Die Straße brach ab, die Erde war geborsten, ein Riss klaffte, darin brandete ein nächtlicher Strom. Mitten im Wasser lag ein Lastwagen wie ein in die Knie gebrochenes Tier. Mit einer Lampe, die wir an die Batterie anschlossen, suchten wir das Ufer ab. Bis zu den Hüften im Wasser, suchten wir eine Furt. Nichts als rieselnder Sand unter den Füßen! Und die Flut riss mich beinahe mit sich fort! – Ich tastete mich vorwärts, hinter mir hörte ich den Motor anspringen, die Scheinwerfer glitten über den Strom, Berger lenkte den Wagen die Böschung hinab, die Räder klatschten auf, wurden überspült, aber der Wagen bewegte sich! – Ich schrie: »Halte nach rechts!« Da verstummte der Motor. Die Räder hatten sich in den Sand eingegraben, drehten leer. Ich ging zurück. »Wir bekommen ihn frei«, schrie Berger, »wenn nur der Magnet nicht nass wird!« – Hindernisse zu bekämpfen, kämpfen gegen das Wasser ohne Brücke, gegen den Sand, gegen die Kälte, gegen die Dunkelheit. Uns zurufen, uns verständigen über das Brausen des Stromes hinweg. Den Wagen retten, das Ufer gewinnen, zusammenarbeiten! – Wir öffneten die Kühlerhaube und wickelten mein Halstuch um den Magnet. Es gelang uns, den Wagenheber zwischen Steinen zu verankern. Wir schoben unsere Ziegenhaardecken unter ein Rad und ließen den Motor anspringen. Er zischte, er lief – der Wagen machte einen Satz nach vorwärts und versank wieder. Wir suchten die Decken, zogen sie aus dem Wasser, eine war zerrissen. Auf dem Trittbrett stehend, schöpften wir Atem, zündeten uns Zigaretten an. Dann von Neuem … wir pflasterten die Furt mit Steinen, die Arme erstarben im eisigen Wasser. Es war Mitternacht, ein Uhr, zwei Uhr. Zuletzt die Uferböschung, glatt, steil. Unüberwindlich? – Berger saß schon am Steuer, der Motor zog an, die Vorderräder glitten über den

Uferrand, die Achse schlug auf. Ich stand noch im Wasser, ich hielt den Atem an: »Wir landen!«

Warum erinnere ich mich daran so deutlich und halte noch jetzt den Atem an? Und vergesse die Gesichter von Menschen, die ich geliebt habe – vergesse sogar ihre Namen?

Der Wagen lag oben, auf der wiedergewonnenen Straße, der Motor zitterte noch vor Erschöpfung. Berger gab mir Whisky zu trinken, legte einen trocken gebliebenen Pustin um meine Schultern. Die Morgendämmerung bereitete sich vor, warme Schimmer berührten die schwarze Ebene. Es war eine Wüstenebene, die sich vor uns ausbreitete: Trockenheit, Kahlheit, Stein, eine Handvoll Erde, Beute des Windes – vereinzelte Grasbüschel, gelb und leblos. Welch ein Anblick! Die Augen werden müde, den Horizont zu suchen. – Geduld, gleich wird es Tag sein. Goldene Ströme werden die Wüste überfluten. Geduld …

Da ging am äußersten Rand der Ebene der Demawend auf. Winziges Dreieck im blauen Nachthimmel, makellos weiß, leuchtend – und ich sah ihn zum ersten Mal! Berger, erregt wie ich, holte seine Leika hervor. »Er ist achtzig Kilometer weit entfernt! Wir müssen die Sonne abwarten!«, rief er mir zu. Wir warteten. Wir fotografierten den Demawend aus achtzig Kilometer Entfernung. Und die Sonne wärmte uns und trocknete unsere Kleider.

4

Es wird immer schwerer, sich zu erinnern. Diese Erinnerungen, die ich früher von mir fernhielt – ja, bis gestern! –, ich verbannte sie, ich wollte mich verbannen, kein Exil war mir einsam genug. Kein Fleck Erde, wo die Winde nicht Eingang finden? Wo keine Wege sich kreuzen, keine Straße heimwärts führt? Überall Vogelstimmen, Segel und Wolken, überall Abend und Morgen, Kreislauf der Sterne, Mondlicht in den Zweigen? Überall Erde, pulsendes Wasser, duftende Hecken, Jahreszeiten? Hungrig nach sechs Stunden, müde nach sechzehn, Schlaf unter Bäumen, im väterlichen Haus, im Zeltschatten – keine andere Erquickung?

Gras ruft hundert Erinnerungen wach, warmes Heu ist eine Welt von Vertrautheiten. Zu Hause grenzten Wiesen an unseren Garten, im Sommer hörte man frühmorgens die Mäher und stieß die Fensterläden auf. Frühmorgenritte, man bog von der Straße ab, der Hufschlag der galoppierenden Pferde klang gedämpft auf der Piste des Reitplatzes. Und Alpwiesen, am Rigi, am Mythen, im Engadin! Die Bauern kamen über die steilen Halden, die Kapuze ihres weißen Hemdes über den Kopf gezogen, den Nacken gebeugt unter einem riesigen Heuballen, den ihre kräftigen Arme im Gleichgewicht hielten. Himbeerpflücken für das Mittagessen, Geruch von Melonen, in der Küche riesige Pfannen voll frisch eingekochter Kirschen, Brombeeren, Aprikosen, und was noch … Erinnerungen, Vertrautheiten, Tröstungen – ein trockenes Grasbüschel in der Wüste ist zu viel!

Ich tat recht daran: zu verbannen, zu vergessen, die Spuren auszulöschen. Kann man die Meerengen nicht vermeiden, die Arme, Fjorde, Wasserstraßen, die schwedischen Schären, die fauligen Kanäle Venedigs, die man in Amsterdam, in Danzig wiederfindet? Den Bosporus, das Schwert des Islams in Spanien – über Zypern, über den Ruinen von Antiochia, über der Kathedrale von Tartous die Fahnen der Kreuzfahrer? Ich wollte fremde Häfen entdecken, wallend von rostbraunen Segeln – einen Wald von Masten, Sirenen, Fischerbooten, Weinschenken, Spelunken. Ich habe einen Abend auf den Hügeln von Zypern zugebracht und auf den Hafen hinabgeschaut – wie hieß er? Draußen auf dem blauen Wasser lag ein italienischer Dampfer, die Flagge gehisst, die Brücken blendend weiß. An seiner Seite eine niedrige Barke, das Deck gepfercht voll mit Maultieren, die man auf den Dampfer verlud. Man legte ihnen Bauchgurten an, ein Kran hisste sie empor. Ich sah sie mit hilflosen Hufen hängen. Dann sah ich eine Flottille von Barken sich vom Hafen lösen, sie bedeckten die ganze Bucht, ihre abendroten Segel waren gebläht, sie überholten einander, schossen hinaus, legten sich zur Seite, umkreisten den Dampfer. Braune Knaben erkletterten die Reling, die weißbärtigen Alten im Turban reichten ihnen Körbe hinauf, gefüllt mit Muscheln, Glasperlen, Stickereien und schweren Trauben ...

Abend auf Zypern, Abend auf dem Berge Karmel, über den Lichtern von Haifa, Abende in Beirut mit Mahmut, dem Schuhputzer. Schwarze Augen, gebuckelte Stirn, Kindermund, dicke Locken quellen unter dem Rand des roten Fez hervor, der gefältelte Boden der weiten Pumphose schwappt beim Gehen wie der Fettschwanz eines Schafes. Mahmut und ich tranken Kaffee, wir saßen unter schwatzenden Arabern, am Strand, bei den Felsriffen aus Tuff, Korallen, Meerschaum. In unsrem Rücken die Stadt, die weißen Häuser, die belebten Straßen, die Antiquitätenhändler, die Warenhäuser, die Arabergassen, die Höfe im Dunkeln, die Moscheen, die Bäder.

Und ein Tag am einsamen Ufer von Byblos. In den lauen Salzfluten, den Schaumkronen, gebettet im warmen Sand. Jenseits der Felsen braune Ackererde, zur Linken die Anmut griechischer

Säulen. Die alte Stadt Byblos wiegte sich auf Klippen über dem Mittelmeer! Sie grüßte Ägypten und Griechenland! – In meinen Träumen schwangen Kirchenglocken: Im nächsten Dorf fand ich Kruzifix und Heiligenbilder.

Es war der neunzehnte Januar.

Welchen Jahres?

Den Glocken die Zungen ausreißen, sie begraben, sie vergessen. Die Säulen Griechenlands stürzen. Die Ruinen von Byblos hinter sich lassen. Sich befreien von Jahr und Tag!

In Beirut trennte ich mich von meinem Freund Fred. Am letzten Tag gingen wir noch in alle Antiquitätenläden, um für ihn ein Andenken zu kaufen. Er nahm einen gelben Seidenmantel mit, eine Klinge aus Damaskus, eine Decke aus Ziegenhaar und ein kleines Löwenhaupt aus weißem Alabaster. Ich hatte um dieses Stück lange gehandelt und mein Herz hing daran. Breite Katzenstirn, aufgerissener Kiefer, schmale Augen, Schläfen, Nacken: alles vollendet – es störte nicht, dass ein Ohr beschädigt war, dass ein Sprung über die durchsichtige Schädeldecke lief.

Am Abend, im Hotel, verpackte Fred alle Andenken. Dann gingen wir zum Hafen, Mahmut trug das Gepäck. In einer Stehbar tranken wir Raki. »Zum letzten Mal«, sagte Fred. Milchweißes Getränk, süßlicher Anisgeschmack – wir hatten es in Ankara zusammen getrunken. In Kaiserie, in Konya, Aleppo, Rihanie, Baalbek. Und nie mehr. Fred reiste nach Triest, Mailand, Zürich, Berlin.

»Grüß die Freunde!« Wir würden nicht mehr von Zürich und Berlin sprechen, von den Freunden, von den alten Gewohnheiten. – Im letzten Augenblick wollten die Zollbeamten Fred zurückbehalten, weil sie in seiner Handtasche den Revolver fanden. Ich musste mit dem Kontrolleur, den sie geweckt hatten, Kaffee trinken und ihn beschwichtigen. Mahmut raufte sich mit den Wachtsoldaten und wurde eingesperrt. Fred wurde in Eile zum Motorboot geführt, schon stieß es vom Ufer ab und verschwand in der Dunkelheit. Draußen heulte die Sirene des Dampfers. Fred war fort, der Kontrolleur lud mich zu einer zweiten Tasse Kaffee ein. Er trug Pantoffeln und eine französische Uniform. Ich bat ihn, Mahmut freizulassen. Es dauerte lange. Das Schiff hatte längst die Hafenbucht verlassen, als Mahmut und ich durch die leeren Straßen zum Hotel Metropole zurückgingen. Fred schlief wohl schon in einer weißen Kabine – mit ihm das kleine Löwenhaupt. Ich hatte die Andenken fortgeschickt. Ich wollte, dass mein Gepäck immer leichter werde. Keine Gegenstände, keine Bilder, keine Bücher. Keine Namen. Und kein Dach über dem Kopf …

Ich wollte *unbeschwert* sein: Hatte ich vor mir einen so weiten Weg? Und kein Ziel! Die Städte nicht für mich gebaut, die Türme ohne Gruß, die Gebete in fremden Zungen – kein Haus zu meinem Empfang geöffnet, keine Lampe unter dem Hoftor, um mir den Heimweg zu weisen. Ich begegnete Menschen, sie wurden Freunde – niemals Weggenossen. Ah, welche Trennungen, welche Abschiede! Vor jedem neuen Aufbruch zerriss mich die Angst: allein aufzubrechen. Und doch: So, wie man zögert an der Grenze zwischen Nacht und Tag, kurz vor der Morgendämmerung, und sich sagt »Es wird nie wieder Tag werden«, während schon violettes Licht über den Horizont gleitet, die strahlende Wiedergeburt ankündigend – so brachte die erste Stunde des Aufbruches reichlichen Trost. Das Herz wurde leicht, leer, nüchtern, empfänglich. Die Angst fiel von mir ab. Vor mir eine weiße Straße, eine Wüstenspur, ein Gebirgspfad, ich weiß nicht, wo sie enden – dem Himmel sei gedankt! Eine Sekunde lang ahne ich die *Befreiung* … und die Stadt, der ich soeben den Rücken kehrte, bleibt in Ruinen zurück. – Habe ich mich wirklich geborgen gefühlt in ihren Mauern? Mich eingenistet in den Gärten der Freunde, mit ihnen am Feuer gesessen, am Abend mit ihnen den Schein der Lampe geteilt, und ihre Mahlzeiten, ihre Gewohnheiten, ihre Freuden? Wurde ich einer von ihnen, hörten ihre Hunde auf meinen Pfiff und erkannten meinen Schritt, wenn ich in die Straße einbog, das Gartentor öffnete, die Treppe hinaufstieg zu dem Zimmer, das schon *mein* Zimmer geworden war? – Ich: Gast, Fremder, Abenteurer, was noch? Neugierig, wissensdurstig, ungeduldig, unterwegs – allein. Aber sie vergaßen es. Sie nahmen mich auf. Und begierig zu erfahren, wie sie leben, lebte ich mit ihnen.

Welche Versuchung: mit ihnen leben. Mit euch. *Zusammenleben*. Die Steppe brennt nicht mehr, die Nacht ist ohne Flammen. Die Gletscher sind weit. Die Sonne geht nicht mehr über der Wüste auf. Die Wüste ist ungeborenes Land. Das Meer hat sich geteilt: Nur die Straßen der Schifffahrt bleiben übrig. Am Morgen schreien die Hähne. – Zum dritten Mal?

Welchen Meister hast du verraten?

Halt! Die Gedanken anhalten, die Versuchungen – und die Decken abschütteln: Es ist Zeit.

»An die Arbeit! Freunde, Kameraden, an die Arbeit!« Der Ruf entzückte mich. »Kameraden!« – auch ich war gemeint. Sie fragten mich nicht, woher ich gekommen sei. Ich brauchte keine Herkunft. Ein Paar starker Arme, ein gewappnetes Herz. Mit was hatte ich bisher meine Zeit verloren? – Verlorener, Heimatloser, Müßiggänger auf allen Straßen, den Winden, der Kälte, dem Hunger preisgegeben. Immer allein, vorzustoßen bis an den Rand der Abgründe, in ihnen kochte noch flüssiges Gestein, das unverfälschte Herz der Erde. Was hatte ich dort zu suchen? – Tage, bis zu taumelnder Erschöpfung – und Schlaf, der nicht erquickte, wandernde Flammen am Horizont. Trotzdem, im Morgengrauen, raffte man sich wieder auf, das Herz warf sich unbekannten Tröstungen entgegen. Und fand sich wieder in den Einöden, unter dem fürchterlich leeren Himmel …

Vorbei, vergessen – ich bin müde, ich bin unter euch, ich bleibe. Ein Zufall hat mich nach Ankara geführt. Wie lang blieb ich? Man gab mir ein Pferd zu reiten, einen Goldfuchs, eine junge Stute. Sie hieß Büske und war voller Anmut. Sie begrüßte mich wiehernd, wenn ich morgens den Stall betrat. Ein türkischer Soldat legte ihr den Sattel auf und führte sie in die Reitbahn. »Sie braucht noch viel Arbeit«, sagte der ungarische Trainer, »aber sie hat Chancen, in drei Monaten das Klubrennen zu gewinnen.« – Arbeit jeden Morgen, und weicher Galopp auf dem Steppenboden, der den Hufschlag dämpfte. Nachher plauderte man in der Bar, fachmännisch: emanzipierte junge Türkinnen in schlecht sitzenden Reitanzügen, Offiziere, ausländische Diplomaten, Trainer, Pferdeknechte. – Aber ich wartete das Rennen nicht ab. Ich überließ Büske fremden Händen. Hätte man in Ankara nicht leben können? Ich kannte alle Straßen, Klubs, Geschäfte. Ich wusste, wie den Autobus anhalten, der mich nach Yenischehir brachte. Nur noch einige Schritte bis zu dem kleinen weißen Haus, in welchem ich wohnte. Längst hatte ich aufgehört, abends auf den Burghügel zu steigen und in die Steppe hinauszuschauen. Ich wohnte in der Stadt, ich hatte neue Gewohnheiten, der Tag war ausgefüllt. Und es war der Anfang des Winters – die Kurden am Rand von Ankara froren in ihren Hütten. Und die Wohltat warmer Stuben, im Lampenschein – in der Küche nebenan Tellerklappern, Duft von Apfelstrudel. Die Freunde waren Österreicher.

Warum bin ich nicht in Ankara geblieben? Jetzt, wenn ich daran zurückdenke, höre ich wieder den Steppenwind. Ich gehe wieder der Straße entlang, die – wie viele der neuen Straßen dort – nirgends hinführte und im Gras der Wildnis versickerte. Ich sehe wieder die samtigen Hügel im Abendlicht: Violette, rote, nachtblaue, flammend gelbe Streifen teilten den Himmel. Und ich höre wieder das eintönige, ächzende Schreien der Ochsenkarren, die auf ihren Scheibenrädern aus schwerem Holz seit tausend Jahren Spuren in die Erde Anatoliens graben. »Nachtigallen« nennt sie der Volksmund. Ihr Gesang rollt wieder über die Steppe. Ich höre ihn wieder …

Den Spuren folgen? Den wandernden Nomadenfeuern? – Kalter Glanz liegt auf den erfrorenen Ebenen, in den Dörfern bellen die kleinen Windhunde, die Hütten sind verschlossen, Rauch qualmt durch die Lehmwände. Kälte in Kaiserie, Kälte in Konya: Jenseits des Taurus muss es mildere Gegenden geben.

So kam ich, eines Tages, nach Rihanie, einem syrischen Dorf, eine Stunde von Aleppo entfernt. Wollte ich nicht Ausgräber werden? Ein Handwerk ausüben!

Das Haus der amerikanischen Expedition lag auf einer Anhöhe, man konnte den Fluss Afrin überschauen und die weite Ebene mit ihren dunklen Ruinenhügeln. Unser Hügel hieß Chatal Hüyük. Da gab es Arbeit, alle Hände voll zu tun! Erdschichten von Jahrhunderten abzutragen, arabische, byzantinische, hellenistische, assyrische – Mauerreste, Gräber, Häuserquartiere, Tempel – Tonkrüge und Urnen, Siegel und Spindelgewichte, Stiftungsnägel, Votivtiere, kleine Gottheiten, Skelette, Scherben. Ein Fordauto voll Scherben brachten wir abends nach Hause! »Regt euch, keine Zeit zu verlieren!« Regengüsse schwemmten die Gräber fort, zerstörten den Plan der Häuser. Verzweiflung des Architekten. Der Direktor schrieb einen Bericht nach Chicago, die Whiskyflasche neben sich. Die Mahlzeiten des ägyptischen Kochs waren üppig. Mein Freund Bob und ich fuhren nach Alexandrette und holten einen Weihnachtsbaum. Um sechs Uhr, jeden Abend, hörten wir mit der Arbeit auf und tranken Raki am großen Kaminfeuer. Wohlverdiente Ruhe, wohlverdienter Schlaf in unseren Zimmern, in denen die Petrolöfen brannten. Am frühen Morgen brachte uns Mohammed heißen Tee, um uns zu wecken; man hörte ihn auf den Steinfliesen des Hofes von Türe zu Türe gehen. Und dann war alles auf den Beinen, in hohen Juchtenstiefeln, wollenen Hemden, und versammelte sich im Esszimmer. Kaffee, Bananen, Haferflocken, Eier, Orangenmarmelade, und noch einmal Kaffee. Im Hof sprang der Motor des Lastwagens an. Mac sah auf die Uhr, steckte ein Paket Zigaretten in die Brusttasche. Auf der Straße zum Chatal Hüyük überholten wir unsere Araber: zweihundert Arbeiter. Frauen und Knaben als Korbträger …

Winter in Rihanie. Ich bin Ausgräber geworden. Ich gehöre zur Zunft. Bob und ich werden nach Beirut geschickt, um eine Keilinschrift, die wir nicht entziffern können, der amerikanischen Universität zu übergeben. Wir fahren mit Hussein, dem türkischen Chauffeur. Auf der hölzernen Türe unseres »Ford-Station-Car« steht in weißen Lettern der Name unserer Expedition. Wir fahren nach Homs, nach Baalbek, Damaskus. Wir fahren über den Libanon und wieder nach Aleppo, der Küste des Mittelmeeres entlang. Nach zehn Tagen kommen wir nach Rihanie zurück. Die gewohnte Arbeit beginnt wieder. Winterregen in Rihanie …

Und die Bauern auf ihren Feldern. Petri Fischzüge. Wir lesen Münzen unter dem *Mikroskop*. Wir kennen chemische Verfahren, um die Herkunft des Tons zu prüfen. Nächstes Jahr werden wir im Flugzeug neue Ruinenstätten entdecken. Wir werden die Kamera an einem Ballon befestigen und die Geschichte der Völker fotografieren. Unsere Methoden werden immer fortschrittlicher. Wir werden einen Kran haben, um die Erde fortzuschaffen, wir werden die Korbträger-Knaben nicht mehr bezahlen. In Rihanie liegen die neuesten Zeitschriften auf. Die jüngsten Entdeckungen. Die Zeichentische der Architekten. Die Zirkel der Anthropologen. Die Baumwollpflücker Amerikas. Die Arbeiter am laufenden Band. Jeder an seinem Platz. Und pünktlich! Triumph der Technik! Die Astronomen zählen die Sterne. Die Völker marschieren. – Um Brot? – Lasst euch nicht beirren. Die Arbeit! ... Die Arbeit des Menschen ... Da wird es zum Schreckensruf: *Jeder an seinem Platz!* – Von einem Dachziegel erschlagen, von einer Bombe. Hat jeder seine Pflicht getan, das Seine beigetragen? Rette sich, wer kann!

In Rihanie wurde weitergegraben, jetzt waren wir schon bei den Schichten der Hethiter, und ein lauer Frühling setzte ein. Die Ebene wurde grün, und der Anblick der dunklen Scherbenhügel, längst vertraut, konnte uns nicht mehr erschrecken.

Ich hatte mich daran gewöhnt, »wir« zu sagen,

laut und vernehmlich. Ich fragte mich nie, ob ich das Expeditionshaus liebte, ob ich meine Kameraden liebte, ob ich die Arbeit liebte, die ich tat. Wir hatten vergessen, dass mich ein Zufall nach Rihanie geführt hatte.

Der Abschied wurde mir schwer.

Ich hätte doch in Rihanie bleiben können. Man hatte mir auch angeboten, nach Ras Shamra zu gehen, auf jene wunderbar vielseitige und fruchtbare syrische Ausgrabung, wo Herr Schaeffer erst kürzlich eines der frühesten, vielleicht das erste Alphabet entdeckt hatte. Und mindestens sechs Sprachen waren in jener Stadt gelehrt worden, Schüler aller Völker hatten ihre Bibliotheken gefüllt, Händler aus allen Ländern ihre Waren ausgetauscht. Stile, Kulte, Gottheiten waren sich begegnet, Priester aus Ägypten, Sternkundige aus Ur und Babylon, Vasen von Kreta und Zypern. Ich hätte in Ras Shamra teilnehmen dürfen an jener passionierenden Forschung nach den Anfängen der Geschichte, den Wanderungen und ersten Entfaltungen der Menschheit. Die Erde selbst als Bewahrerin ihrer Geheimnisse!

Der Hügel, in den man vorsichtig eindringt, um keine Zelle zu zerstören, wie das Seziermesser in das Gewebe der Haut, dieser dunkle, ebenmäßig geglättete Hügel ist nicht natürlichen Ursprungs, seine Schichten sind keine geologischen Ablagerungen. In einer sanften Senkung glaubt man die

Stelle des einstigen Stadttors zu entdecken, und dort, wo in einer deutlich abgerundeten Erhöhung die Kräfte sich zu sammeln und zu steigern scheinen, wo die Oberfläche bis zum Bersten gespannt ist wie über dem muskulösen Nackenbuckel eines Zebus, dort vermutet man Tempel, Zitadelle und Königspalast; die Macht der Regierung, der Schrecken der Gerechtigkeit, die göttlichen Ordnungen und menschlichen Satzungen nahmen von jenem heute noch sichtbaren Zentrum ihren Ausgang und beherrschten das Leben der Bewohner bis zu den letzten Ausläufern des Hügels, kaum merklichen Bodenwellungen, den wenig stabilen Außenquartieren der alten Stadt.

Zurückzufinden bis zum Boden Syriens!

Die Kirche und die Fresken der Synagoge von Doura-Europos sind noch leicht zu entziffern, die Tempel des Mithras, die Kasernen der römischen Legionäre, die von den Persern mit Brandfackeln und Wurfgeschossen eroberten Wälle, zwischen deren Mauern man die vornübergebeugten Skelette im Rauch erstickter Soldaten findet.

Aber die Altäre von Petra! Die mysteriöse Stadt in Transjordanien, die »rosafarbene Stadt«, deren Kamelkarawanen so groß waren, dass sie marschierenden Armeen glichen, der viereckige Stein Dusharas, des nabatäischen Sonnengottes, und der runde Tempel – man muss bis in das Bronze-Zeitalter zurückgehen, bis nach Jemen in Arabien, um sich seinen Ursprüngen zu nähern …

Welche Chancen habe ich ausgeschlagen, als ich Rihanie verließ? Auf welche Befriedigungen verzichtet? – Das tägliche Brot, die tägliche Arbeit, das täglich sich mehrende Wissen, eine Form des Lebens, in ständiger Fühlung, in ständigem Austausch mit den Lebensäußerungen der Menschheit: Wäre ich nicht getragen worden vom Strom ihrer Schicksale? Hätte ich nicht hinabsteigen können durch die Schichten der Jahrhunderte, Schichten aus gebranntem und ungebranntem Lehm, aus Tonscherben, niedergebrochenen Häusern, gestürzten Tempeln, in Erde zurückverwandelten Gräbern, hinab durch die längst verrauschten Feste, die vergessenen Gottesdienste, die gefeierten und vergessenen Triumphe, Brandschatzungen, Erdbeben und Auferstehung – hinab bis zu den tiefsten Brunnen?

War dies alles ein Linsengericht für meinen Hunger, dass ich es ausschlug?

Ich sah uns über die Totenschädel unseres Hügels gebeugt, eine fröhliche Zunft. Wir wurden blind über den tausend Spindelgewichten, die wir zählten, wogen, zeichneten und mit einer Katalognummer versahen, den Münzen, die wir unter dem Mikroskop entzifferten, den Scherben, die wir fleißig zusammensetzten wie die Kinder ein Puzzlespiel.

»Jeder kann nur das Seine tun, ein winziges Teil beitragen, nur einen Fußbreit vorrücken ...«

Auf welchem Weg? Zu welcher Erkenntnis? Zu welchem Ziel? – Und ich dachte auch an andere Berufe: an Ärzte, Ingenieure, Förster, Priester, Pferdeknechte, an Bauern und Soldaten. Ist das Leben des Pferdeknechtes ärmer als das des Archäologen? Ein verwundeter Soldat bedürftiger als der Arzt, der ihm das Leben rettet? – Gibt es Rangunterschiede der Befriedigung, Rangunterschiede der Arbeit, unterscheidet Gott zwischen den armen und den reichen Opfern, deren Rauch vermischt zu ihm aufsteigt? – Höchst verwerflicher Gedanke! – Kein Abendländer würde ihn aussprechen! Vergesse ich die Fundamente der christlichen Gesinnung?

Aber ich habe den Sitten des Abendlandes den Rücken gekehrt. Und ich frage mich: Um welchen Preis erkaufen sie dort den Frieden ihrer Seelen?

Es gehört zu den erprobten Hilfsmitteln der Nervenkliniken, ihren Patienten einen genauen Tagesplan vorzuschreiben, der die Kranken beschäftigt, ablenkt und vor leeren Stunden bewahrt. Ausgefüllt mit Lektüre, Kartenspiel, Mittagsruhe, Spaziergang, Kunstgewerbe, vergeht der Tag schnell und verschafft dem Kranken auch noch die Befriedigung, ihn auf normale Weise verbracht zu haben. – Tatsächlich, die Gesunden, die normalen Alltagsmenschen, machen es nicht viel anders. Mögen sie Arbeiter sein oder Astronomen, die sich mit der Zählung der Sterne beschäftigen, oder Steuerbeamte: Erschrecken sie nicht alle vor der Begegnung mit dem Himmel? Und reden sich ein, die Natur zu lieben!

Ein Mann, einen Abend allein in seinem Zimmer, kann sich nicht entschließen, ins Kino zu gehen. Er ist ein guter Bürger, tüchtig in seinem Beruf, frei von Lastern. Aber was soll er mit sich allein anfangen, wie soll er dieser nächtlichen Stille begegnen? – Da dreht er wenigstens sein Radio an.

Die Nervensanatorien Europas sind überfüllt. Die Heere sind gerüstet. Die Jugend ist diszipliniert. Die Maschinen funktionieren. Der Fortschritt ist unterwegs. Und ganze Völker werden von Psychosen erfasst. Einzelne heilt man mit »Arbeits-Therapie« und führt sie in das normale Leben zurück. *Das normale Leben* … wie tief reichen seine Wurzeln noch? Aus welchen Quellen nährt es sich?

Ich liege wieder am Strand von Byblos und lausche auf den Klang einer christlichen Glocke.

Und es ist, noch einmal, ein Gruß von *dort*!

Soll ich eingestehen, dass ich Heimweh habe?

Vielleicht tragen sie im Dorf ein Sarazenenkind zur Taufe: Ein französischer Mönch gibt ihm den Segen und wird über seine zarte Seele wachen. Missionare, Mönche, Priester, Nachkommen der Kreuzritter – Syrien ist voll von ihnen. In Beirut allein muss es ein Dutzend christlicher Bischöfe geben. Einer für die Armenier, die in ihren Flüchtlingsbaracken aus Pappdeckel und Blech hinter Stacheldraht zugrunde gehen. Einer für die Nestorianer, einer für die Maroniten, ein anderer für die Alaouiten, deren blonde Kinder Frankenblut in den Adern haben.

Die Tscherkessen in den Dörfern im Norden brauchen einen Seelsorger. Und die Drusen in ihren Bergen müssen bekehrt werden. Wir müssen die Sarazenenkinder pflegen, die Armen, die Kranken, die Blinden, die Krüppel, die Türken, die Heiden und Muselmänner. Die Messe wird lateinisch gelesen, aber auch griechisch, armenisch, syriakisch. Wer versteht noch Syriakisch? Es ist dem Aramäischen verwandt, der Sprache Christi …

Die Mönche trinken syrischen Wein, sie befolgen die Ordensregeln und halten das Zölibat. Sie führen in ihren Klöstern an den sanften Abhängen des Libanon ein Leben der Armut und Keuschheit. Und ob sie glücklich sind! Seit dreißig Jahren in diesem Land, wohlgelitten. Sie weihen neue Kapellen ein. Sie taufen. Sie lehren in ihren Schulen. Sie beteiligen sich auch an Wissenschaft und Forschung. Sie wetteifern mit den Archäologen. Glückliches Leben, glückliches Leben – fern von den Schlachtfeldern, den profanen Schauplätzen.

Werden irgendwo Schlachten geschlagen?

Auch ich bin ihnen entgangen, allen Gefahren glücklich entronnen, ich habe Arbeit gefunden, eine friedliche Existenz, das Glück wird sich einstellen. Ich werde es mir verdienen. Und werde heimatberechtigt sein. Wie der Bauer hinter dem Pflug. Wie die Professoren an der Universität von Beirut, wie die Studenten, wie die Archäologen, die Väter und Söhne. – Denn die Söhne finden heim, und ein Kalb wird für sie geschlachtet. (Wie ich ihn, als man mir noch die biblischen Geschichten vorlas, verachtet habe: den verlorenen Sohn! Sein Mut reichte nur so weit wie sein väterliches Erbteil. Der Hunger machte ihn mürbe, da bekehrte er sich und bereute. Nannte er es Liebe, als er sich seinem Vater zu Füßen warf? Deserteur, Feigling, Betrüger – wäre er bei seiner Schweineherde geblieben!)

Aber ich habe Heimweh ... Eine Barke hat mich am Strand von Byblos ausgesetzt, eine Barke mit zerrissenen Segeln. Jetzt wiegt sie sich auf dem Wasser, die ruhigen Wogen schaukeln sie sanft, ich sehe sie, einen dunklen Rumpf, abgetakelte Maste, ein Wrack, sich abheben gegen einen flammenden Abendhimmel – gegen Westen.

Aber es gibt andere Schiffe, größere, schnellere, mit geblähten Segeln, mit Fahnen, mit weißen Brücken, mit Luxuskabinen, mit rauchenden Schornsteinen, stampfenden Maschinen, Lotsen, Kapitänen, Fahrplänen. In Beirut in den Reiseagenturen wird man mir die Abfahrtszeiten sagen und ein Billett ausstellen auf meinen Namen. Legal, mit ordentlichen, auf meinen Namen ausgestellten Papieren werde ich in Europa landen. In Triest. In Athen. In Marseille.

Ich brauche mich nur zu entschließen.

Ich hätte mich nur zu entschließen brauchen, in Rihanie zu bleiben, man hätte es mir leicht gemacht. Ein Jahr in unserem Expeditionshaus, vor dem Kaminfeuer. Blick über die dunstige Orontes-Ebene, über die Erde Syriens, bis zu den fernsten Ruinenhügeln, bis zu einem wunderbar milden Horizont. Dreißig Jahre auf den syrischen Tells, ich würde Wurzeln schlagen! – Denn man hat nur ein Leben, und es will nicht verschwendet und vergeudet sein. Man tut gut daran, sich rechtzeitig zu besinnen. *Welchen Wegs, Fremdling?*

Jäher Schrecken: Wer hat es ausgesprochen? Wer hat es gewagt? Nur ein einziges Leben! – Nicht zehnmal, nicht dreißigmal? Wer hat mich nach meiner Herkunft gefragt? Genügt es nicht, *einmal* Abschied zu nehmen, Aufbruch zu feiern, *einmal* eine Stätte zu finden? Die Hähne schreien, zum wievielten Male – nicht für mich! Ich habe meinen Bruder nicht verraten, und ich bin müde von meinem Tagewerk; lasst mich schlafen, eine Stunde noch, eine einzige Stunde!

Aber es war zu spät. Das Licht eines neuen Morgens weckte mich, und die Fanfaren des Aufbruches ließen die Erde erzittern. Die Fensterscheiben klirrten, draußen wallte Nebel über die Ufer des Afrin, die Ebene war verhüllt, nur die dunklen Ruinenhügel ragten hervor wie die Häupter schlafender Seelöwen. Der milde Horizont Syriens? Vertraute Sonnenaufgänge? – Aber ich sah alles zum ersten Mal! War ich, bisher, blind gewesen? Wie lange schon in diesem Land, und nichts gesehen! Mit Bob auf den großen Straßen gefahren, und nichts gesehen! Gearbeitet, gelernt, satt geworden, am Morgen früh aufgestanden, erquickt von guten Nächten, und mit den Kameraden den Tag begonnen.

Ach, es war ein gutes Leben, in einem gesegneten Land … Warum komme ich mir jetzt vor wie ein Feigling, Deserteur, Betrüger? – Ich, der ich noch mein Heimweh gestehen muss nach vertrauten Ufern, Hügeln, Kirchtürmen, ich, der ich Einlass begehrt habe vor fremden Türen, ich, Gast im Lampenschein! Was wird aus mir?

Werde ich eines Tages bereuen? Und nicht mehr umkehren können?

Werde ich eines Tages den Heimweg nicht mehr finden?

Zu spät! – Mein Gott, ich werde zu spät bereuen …

5

Ich saß an jenem Abschiedsmorgen lange auf der Anhöhe von Rihanie. Ich sah den Kameraden nach, die das Haus verließen und den gewohnten Weg zum Chatal Hüyük einschlugen. Ich sah ihnen noch immer nach, als sie längst in der Hügelmulde verschwunden waren. – Jetzt vernimmt man aus der Ferne den Widerhall von Pickel und Schaufel. Jetzt gehen die Korbträger-Knaben über das Feld. Die Sonne steht schon hoch. Sie bleiben einen Augenblick bei der großen Urne stehen, um eine Handvoll Wasser zu schöpfen und ihren Durst zu löschen. Dann gehen sie mit den leeren Körben zurück und lassen sie aufs Neue mit Erde füllen. Eine Kette von Knaben bewegt sich langsam dem Hügelrand entlang, eine andere Kette kommt ihnen entgegen. Ihre weißen Kopftücher leuchten …

In weiter Ferne. Ich erkenne den Chatal Hüyük nicht mehr, er ist einer unter den hundert Scherbenhügeln dieser Ebene. Korbträger-Knaben, ich habe vergessen, bei welchen Namen man euch rief!

Denn ich bin kein Ausgräber. Ich habe keinen Beruf. Ich hätte alle Berufe ausüben können. In allen Städten wohnen. In allen Ländern beheimatet sein. Aber ich handle nicht mit mir: Der Preis für *Das Gute Leben* war zu hoch.

Ich erinnere mich an alle Warnungen, die man mir zukommen ließ, und an alle Ratschläge. Aber ihr habt eine Sprache verwendet, die ich nicht mehr verstand. Man hat auch Anklage gegen mich erhoben, wegen Fahnenflucht, Reislaufens und Freibeuterei. Aber man vergaß, mir zu sagen, wer der Richter sein würde.

Ihr warft mir vor, dass ich mich mutwillig in Gefahr begebe, dass mir jedes Abenteuer recht sei, um meine Kräfte daran zu verschwenden, und jede Aufgabe eines »normalen Lebens« zu schlecht, um sie daran zu erproben.

Was ist, in eurer Vorstellung, das Abenteuer?

Dieses Wort sagt mir nichts. – Die Karawanenspur jenseits der Gartenmauer? Wollt ihr die Erde in Kohlfelder aufteilen? Und sie dann verlosen lassen zu niedrigen Preisen. Jedem seine Chance? – Ich bin kein Glücksspieler.

Und ich könnte meine Kräfte nicht verschwenden: Denn die Anstrengung ist *ununterbrochen*.

Ihr fragt: »Auf welches Ziel gerichtet?«

Ich berichtige: »Ich habe kein Ziel, das ich mit Jagdfalken und Bluthunden verfolgen könnte.«

Und ich ergänze: »Ich bin nur ausgezogen, das Fürchten zu lernen.«

Da warnt ihr mich: »Du entfremdest dich unseren Sitten und Gewohnheiten. Besinne dich: Der Mensch braucht einen Halt, deshalb wurde die Moral erfunden und die Autorität zum Priester geweiht. Besinne dich: nicht ungestraft … Es geht um dein Glück.«

Richtig, *Das Glück* hat das letzte Wort. Und man soll es nicht ungestraft verachten. Verstehe ich die einfachsten Dinge nicht mehr? *Das Glück:* Zufriedenheit, Harmonie, Gleichgewicht, Frieden der Seele? Dein Kohlfeld bebauen!

Aber die Erde zittert. Im Westen lodern Brände. Die Kirchen stürzen ein. Eure Felder sind verwüstet. Eure Kinder werden unter den Mauern eures eigenen Hauses erschlagen. Soll das Glück an einen so faulen Frieden gebunden sein? Es ist ertränkt in Tränen, erstickt in den Klagen um vergeblich Gestorbene. Arme Seelen! Aber ihr wollt nicht hören. Ihr wollt nicht sehen. Die Angst hat euch gepackt, ihr wollt euch nur noch verteidigen. – Wenn der Wall eurer Sitten und Gewohnheiten nicht mehr standhält? – Eure Maße und Ziele nicht mehr gelten?

In Bagdad erreichte mich ein Brief: »Genug! – Wir wollen dich nicht an die persischen Hochebenen verlieren.«

Aber man kann nicht weit genug gehen, um die falschen Maße und Ziele zu vergessen. Ich musste dich enttäuschen, Freund! – Jahre vergingen, da schriebst du mir diesen anderen Brief: »Wenn man dich, eines Tages, im Graben neben einer fremden Landstraße auffinden wird – wir werden nicht einmal den Mut haben, um dich zu trauern. Wir werden nur die Achseln zucken: Du hast es nicht anders gewollt!«

Aber was hätte ich anders gewollt? Welche Todesart hattet ihr mir zugedacht?

Denn bei euch, ich weiß, hat sogar der Tod seine Rangunterschiede, Tröstungen und Sakramente. Bis zum letzten Atemzug, bis zur Letzten Ölung ist vorgesorgt, dass der Mensch sich nicht preisgegeben fühle. Dass es ihm erspart bleibe, seinem Engel zu begegnen. Denn solche Begegnungen vollziehen sich außerhalb aller gewohnten Wege …

Hätte ich auf jenen Brief geantwortet: »Ihr irrt euch, ich habe mich keiner Willkür schuldig gemacht!« – hättet ihr mich freigesprochen? Hättet ihr mir auch nur geglaubt? Ist man vor euren Gerichten unschuldig, weil man den Text der Gesetzbücher nicht gelesen hat?

Aber der Brief war von jener Sorte, auf die man keine Antwort erwartet. Warum also fordere ich euch heraus? Will ich mich verteidigen, will ich Rechenschaft ablegen, Rede und Antwort stehen? Wird sich dieses Herz nie befreien?

Aber ich will *andere* Anklagen hören!

Und ich werde Vernunft annehmen. Ich werde jedes Wort auf die Waagschale legen. Ich werde, noch einmal, versuchen, *eure Sprache zu reden.* Ich werde eure Richter anerkennen, ich werde eure Anwälte und eure Verteidiger hören. – Ich sehe euren Gerichtssaal: Das Volk strömt schon herein. Alle Plätze sind verteilt. Die Platzanweiser versehen pflichtgetreu ihren Dienst. Jetzt treten die Geschworenen auf. Die Zeugen sind versammelt. Hinter ihnen verbirgt sich eine Frau in Witwenschleiern. Weint sie schon um ihren Sohn? – Ein paar Stunden zu früh … Und zuletzt wird der Angeklagte hereingeführt. Er hat eine eigene Bank.

Ich werde nicht mit der Wimper zucken, wenn ihr ein Todesurteil fällt!

»Dieser Bursche hat eine gute Erziehung genossen. Er hatte liebende Eltern, verständnisvolle Lehrer, einen gerechten Vorgesetzten. Er hat nicht Mangel gelitten. Und er ist erst zwanzig Jahre alt. Die Motive zur Tat bleiben ungeklärt. Mildernde Umstände? …«

Ich werde auch eure Ärzte hören: »Sie sehen diesen Mann. Dreißig Jahre lang hat er seine Pflicht erfüllt. Er ließ sich dreißig Jahre lang nichts zuschulden kommen. Er hatte ein glückliches Familienleben. Seine finanziellen Verhältnisse waren nicht zerrüttet. Erbliche Belastung liegt keine vor. Eines Tages verliert er den Verstand! An diesem Tag geschah nichts Ungewöhnliches. Kein Erdbeben, kein Fliegerangriff, kein Todesfall, kein Börsensturz. – Nach dreißig glücklichen Jahren! – Welchem Gespenst ist er begegnet?«

Und ich werde eure Staatsmänner anhören, eure Diktatoren: *»Wir haben leichtes Spiel.«*

Es verschlägt mir die Sprache. Und ich bin mit meiner Vernunft zu Ende. Eure Anklagen brausen noch in meinen Ohren: »Außerhalb des Gesetzes, verschwendetes Leben, unnützer Tod, Verächter des Glückes, fahrender Geselle, die Fasten nicht eingehalten, die Verbotstafeln nicht gesehen, die Hausordnung nicht gelesen; hat der Kerl überhaupt *lesen* gelernt?« – Ein Arsenal von Worten, ein Museum, worin die Fahnen ruhmreicher Regimenter verblassen und die Degen rosten. Merkt ihr es nicht? Eure Waffen sind stumpf geworden. Und eure Worte sind abgenützt. Eure Anklagen sind dürr wie Herbstlaub. Regt sich draußen kein Wind? Ach, atmen, freier atmen! – Aber ihr habt alle Fenster verschlossen. Ihr wollt in Frieden leben, und die Schlachtfelder der neuen Kriege sind zu nah: Sie grenzen schon an eure Gärten …

Aber was spreche ich von Schlachtfeldern? Mitten im Frieden kann die Heimsuchung kommen! Ein Heuschreckenschwarm genügt, um euren Garten zu verwüsten, in euren Stall kann sich eine Seuche einschleichen, die unsichtbaren Heerscharen der Morgenröte können eure Äcker einstampfen! An euren Türen rüttelt der Nachtwind. Und nach der namenlosen Heimsuchung sind eure Häuser verödet, eure Straßen leer, sodass ihr, was euch am vertrautesten war, nicht mehr wiedererkennt!

Einer wacht auf mitten in der Nacht, und noch ehe er Zeit gefunden hat, die Lampe anzuzünden, auf den Zeiger der Uhr zu schauen, sein Herz zu wappnen, fährt ihm der Schrecken in die Glieder: »Von was habe ich geträumt? Wer hat mich aus dem Schlaf geweckt? Was ist das für eine Stunde? Die Zeit steht still. Ich habe das Fürchten gelernt …« – Die Ordnung der Dinge, die er im Halbdunkel wahrnimmt, hat sich verändert. Das Feuer im Ofen ist erloschen. Die Hand kann das Wasserglas auf dem Nachttisch nicht mehr erreichen. Die Vorhänge bewegen sich wie die Flügel von Nebelkrähen. Die Wände – die vier Wände fügen sich nicht mehr rechtwinklig ineinander: Was ihn umgibt, ist rund, und ohne Grenzen, ohne Oben und Unten – er gleitet, er fällt, kein Halten? Da macht er Licht und neigt sich über seine Frau, die neben ihm schläft wie immer. Die zärtliche Wange auf das Kissen gebettet, tief atmend, friedlich. Er forscht in diesem Gesicht, er möchte diese Lippen beschwören: »Öffnet euch, sprecht ein Wort, das ich vernehmen, verstehen kann!« Er möchte, dass ihre Augen ihn ansehen. Aber er wagt nicht, sie zu wecken, er wagt es nicht, er wagt es nicht. Wie immer?, frägt er sich, seit wie lange? Ich werde ihre Stimme nie mehr hören, ich habe sie nie gehört – ihre Augen werden mich nie mehr ansehen, sie hat mich nie gesehen. – Er erkennt seine Frau nicht wieder, er wendet sich ab. Und in der fürchterlichen Stille, die ihn jetzt umgibt, *hört er zum ersten Mal die Erde sich bewegen …*

Es ist genug! Ich habe vergessen, wer der Ankläger war, wer der Angeklagte. Ich habe die Todesurteile vernommen, ich habe Mütter weinen sehen. Ein Knabe sprang von der Bank auf, die ihr ihm zugewiesen hattet, und schrie: »Ich bin unschuldig, ich bin unschuldig!« – lodernd vor Zorn, seine Augen waren schon starr von Angst, das Entsetzen krümmte ihm die Glieder. Ein anderer senkte nur den Kopf. Bekannte er sich schuldig?

Vor Gott und den Menschen? – Grausamer Missbrauch der Worte! Mit ihren tönernen Schellen füllt ihr diese Erde und bringt die Nachtigallen zum Schweigen. Aber in seltenen Stunden vernehme ich wieder ihren Gesang, und er rührt an mein Herz. Nicht genug mit den Tränen der Rührung! – Es gibt Fanfaren!

6

Und ich breche auf. – Befreiung! Befreiung! Einzige Freiheit, die uns geblieben ist! – Ich habe keinen Namen hinterlassen und weiß nicht, wo ich die nächste Nacht zubringen werde. Eure Mahnungen, Bußen, Steuerzettel werden mich nicht erreichen. Behaltet eure Ratschläge, ich werde sie nicht befolgen können. Und ich lerne eine neue Sprache. Habe ich den Verstand verloren? – Wer nicht dreißig Jahre hinter Schloss und Riegel zubringen will, tut gut daran, sich rechtzeitig davonzumachen: Es gibt neue Erden, neue Sprachen, andere Völker, die nicht in festen Häusern wohnen. Sie schlafen neben ihren Pferden, unter freiem Himmel, das Gesicht an den nackten Boden ihrer Jagdgründe gepresst.

Aber ich muss noch vergessen, dass ich mich befreien wollte. Dass ich eure Kirchen verließ, eure Gerichtssäle, eure Spitäler. Dass ich mich auflehnte gegen eine irdische Gewalt, Buße tat vor einer himmlischen, und Rede und Antwort stand. Ich muss die Katheder und Kanzleien vergessen, und den Geruch der Apotheken, den Staub der Museen, die heilkräftige Luft der Sanatorien. Die Druckereien der Zeitungen, des Nachts hell erleuchtet, mit ihren rastlos stampfenden Maschinen. Die Zensoren in ihren gläsernen Zellen. Die Wärme der Treibhäuser, der Brutapparate, der Hotelzimmer in amerikanischen Städten. Ich muss die schattigen Alleen vergessen, die Pappeln Napoleons, die gepflegten Pfade der Nationalparks, die Kindheitswege. Und noch viel mehr. Wie lang brauchte ich, wie lang blieb ich auf der Anhöhe von Rihanie, wie lang lag ich am Strand von Byblos?

Bis die Glocken verhallten und die leise steigende Flut den Sand bis zu meinen Füßen trug. Die Stille strömte in mich ein, erreichte mein leer gewordenes Herz, wurde schwer, sank, und füllte es bis zum Rand. Da erst stand ich auf und fand meine Augen und mein Gehör verändert: Sie waren übermäßig geschärft. – Ich hatte doch kein Gift getrunken! Es war doch keine satanische Hand, die mich auf das Dach des Hauses führte und die Herrlichkeiten der Welt vor mir ausbreitete! – Diese Erde, dieser wunderbare, von einer einzigen, unteilbaren Liebe bewegte Schauplatz, ich erkannte sie wieder!

Oh, Inbrunst der ersten Begegnung! Ich ging, ich lief, taumelte – du fingst mich auf. Ich war ratlos vor Zärtlichkeit, ich zitterte, ich wollte mich deinen Händen entziehen, aber du hieltest mich fest und bargst meinen Kopf an deiner Brust. Als ich mich aufbäumte gegen deine unerträglichen Liebkosungen, da neigtest du dich zu mir – »Sei ruhig! Sei ruhig, mein Schmerz!« – Ach, deine Stimme, allein in der Nacht! Meine Schläfen pochend gegen die Umklammerung deiner Fingerspitzen, mein Gesicht von deinen Händen gehalten, umarmte mich die abgrundtiefe Trauer deines Blickes, der erstarrt war, als seien die Quellen deiner Tränen für immer versiegt, als sähest du nur noch mich, und mich schon nicht mehr …

Furchtbare Unschuld der Liebe! Alle Verträge erloschen, alle Verpflichtungen aufgehoben, alle Bindungen gelöst, keine Feinde mehr, kein Freund – und diese Nacht ist still und weiß wie die Wintererde. An ihrem Rand ruhen unbeweglich die Tiere der Zukunft, Stierleiber, Steinböcke und Skorpione. Mögen sie sich nie bewegen! Dass sie mir nicht nahe kommen! – Die Angst schnürt mir die Kehle zu. Ich möchte schreien: »Du wirst mich nie verlassen!« Aber deine Lippen verschließen mir den Mund. Beschwichtigung, Qual, unaufhörliche Liebkosung – ich werde furchtbare Verwundungen davontragen, furchtbare Schmerzen bereiten sich vor. Aber wehrlos, mit ausgetrockneten Lippen, die Augen erblindet, stürze ich noch in deinen Schoß, presse ich noch die Stirn in deine Hände. *Du* hältst die Tröstungen, *Du* allein öffnest die

Wunden! – Und im Morgengrauen begegne ich deinem Blick, der unverändert auf mir ruht. Erschöpft, still, noch ungläubig und tief verwundert frage ich: »Du also wirst mich aus deinen Händen entlassen? Du wirst die Stunde bestimmen? Du wirst mir die Verletzungen zufügen und mich den wartenden Tieren ausliefern? Du, geliebtes Herz, du also wirst es sein?« – Statt aller Antwort neigst du ein wenig dein Haupt. – Ich wusste es! Keine Antwort, keine Erlösung, kein Trost! – Aber wie du so, kaum merklich, die Stirn beugst, steigen Springbrunnen des Erbarmens, strömen Tränen der Reue – wer muss denn hier getröstet werden …?

Oh, Inbrunst! Unschuld!

Wir haben die Lügen zum Verstummen gebracht. Wir verlernten den Gebrauch der Worte. Wir verzichteten darauf, einander auf den nächsten Tag zu vertrösten. Wir errichteten keine Pforten der kommenden Freude. Und doch hast du mich die Heimsuchung des Wartens gelehrt. Auf was wartete ich? An was für ärgerlichen Gewohnheiten hing mein Herz? Wurde es noch von Träumen vergiftet, sah ich noch Luftspiegelungen verkehrt am Horizont hängen, Kronen von Palmen als Glockenschlegel und im goldenen Torbogen des Nadelöhrs mit Weihrauch und Bernstein beladene Karawanen? Hatte ich mich nicht leer geweint und den Heiligenbildern abgeschworen? Ich war nüchtern bis zur Ohnmacht. Ich hatte keine Zukunft. Ich konnte die Dauer eines Tages und einer Nacht nicht einmal mehr ermessen. Ich wartete, wartete … *wartete.*

Es ist nicht Geduld, was du mir zugemutet hast. Ich verbrenne in einem kalten Feuer. Meine Ungeduld übt sich nicht mehr, misst keine Strecken, berechnet keine Zeiten, kennt keinen Ablauf. Und ich habe Durst! Ich kann nicht mehr, wie lang habe ich vergessen zu trinken – ich habe Durst! In der Dunkelheit blind nach einem Becher greifen und ihn zum Mund führen! Rufen! Deinen Namen rufen! Ich ersticke!

»Sei ruhig …« Die Geste deines Erbarmens macht mich stumm. Noch einmal, bis morgen – immer wieder. Dann wird nichts verändert sein, kein Sternbild aus seiner Bahn geraten, Ochs und Esel an ihrer Krippe, die Stirnen der Magier makellos und unverrückbar der Schatten des großen Baumes. Nichts erwartet mich dort. Ich weiß, du lehrst mich keinen Verzicht. Ich weiß, noch die Qualen der Ungeduld …

Deine Gegenwart *versammelt die letzten Dinge.*

7

Allein auf den neuen Fährten ... wie viel erträgt ein Herz? Ich habe gelernt: Es ist unverletzbar, und die Vögel des Himmels speisen es. Weil ich keine Gefahren mehr beim Namen nennen kann und alle Waffen abgelegt habe, gab ich dem Schutzengel auf den Waldwegen der Kindheit den Abschied. Jetzt würde er mich vielleicht nicht mehr wiedererkennen. Ich trage andere Kleider, und solange der Sommer währt, brauche ich keinen Mantel. Komme ich in kältere Länder, so werde ich mir einen Schafpelz kaufen. Denn ich lebe mit den Hirten auf den Feldern, mit den Wildeseln, mit den Kranichen am Rand der Sümpfe. Auf meiner Faust sitzt ein Falke mit verbundenen Augen. Fauas Cha'alan, der Fürst der Ruallah-Beduinen, hat mir ein Pferd geschenkt, das in den Wüsten des Nedsch groß geworden ist. Er zählt seinen Reichtum in Gewehren und türkischen Goldmünzen. Seine Diener, schöne Beduinenknaben, tragen das mit Henna gefärbte Haar in Zöpfe geflochten und schminken ihre Augen mit Kohle. In seinem Haus in Damaskus sah ich einen N*sklaven den Kaffee mit bitteren Gewürzen mischen. Und im Hof, zur Mittagsstunde, wurden hundert Männer gespeist. Der Fürst hinderte mich daran, die zum Mahl Versammelten zu fotografieren. »Sie essen den Reis mit den Fingern«, sagte er, »das ist in Frankreich nicht Sitte. Es könnte dort Anstoß erregen.« – »Was sind die größten Tugenden deines Stammes?«, fragte ich ihn. Er antwortete, ohne zu zögern: »Mut und Schlauheit.«

Aber ich bin nicht unterwegs, um neue Tugenden und andere Sitten zu entdecken. Ich brauche keine bitteren Gewürze, keine fremden Gifte, keine Bezauberungen. Ich befreie mich von den Dolmetschern. Ich verlasse die Gärten von Damaskus, deren Brunnen Mondlicht trinken.

Jeden Abend nehme ich Abschied – und am Morgen bin ich dem Unbekannten nahe. Vorbei, zu Ende die Abenteuer, aber tausend Wirklichkeiten sind zu bestehen. Ich greife an, ich werfe mich ihnen entgegen, ich liebe – und ich vergesse nichts. Zedern bleiben zurück, Ölhaine, Gesänge – Säulen, Segel, Zelte. Und die Hufspuren berittener Völker auf dem Marsch. Mehr noch die Ferne, ach, die Ferne! – Wie ein scheuendes Pferd will meine Ungeduld ausbrechen, nach rechts, nach links – und stürzt immer vorwärts. Es kostet mich weiße Nächte, sie einzuholen ... die Wege sind wallend verhüllt wie Milchstraßen. Kälte, Hunger, Durst –

ich habe, was ich wollte, und nirgends, mein Haupt zu betten. Keine helfende Hand!

Würde ich jetzt, nach einer einzigen solchen Nacht, in Euren Gassen auftauchen, die Nachbarn würden mich nicht mehr kennen. Ich wäre nicht anders als die Blinden, Stummen und Bettler. Ich höre: »Wohl bekomm's« – aber ich würde die Suppe verschmähen, die Euer Mitleid den Armen reicht. Der Hunger ist mein Freund. Alle Ermüdungen sind mir willkommen. Und ich liege an den Quellen … unfähig, meinen Durst zu löschen. Was tut es? Meine Ungeduld ist schon über alle Berge.

Und ich gehe, leichten Herzens. So leicht ist es, so leer, dass alle Kräfte Eingang finden, alle Energien hineinströmen, würzige Nachtluft und salzige Meerwinde, und noch die treibenden Säfte der Pflanzen, der lautlose Regen, der Atem des Geästes, der Tiere, der Schlafenden – alle Pulsschläge. Von den Strömen steigt es auf, über den Feldern schwebt es wie Frühnebel, es gleitet über die Herden, es steigt von den Rebbergen hinab, es streift die Baumkronen und die Zeltfirste, es versammelt sich um die Feuer der Hirten – »Fürchtet euch nicht!« –, und mir ist, als sehe ich auf beiden Seiten des Weges Scharen von Engeln und ich müsse Freudentränen weinen.

Habe ich einmal Mangel gelitten? Verlangten meine ermüdeten Augen nach neuen Horizonten?

Auf einmal entsinne ich mich: Die Farben waren stumpf geworden, die Wolken spiegelten sich nicht mehr, die Segel hingen schlaff über bleiernem Wasser. Am Abend war kein Glanz auf den Hügeln, und die Bäume standen still im Schnee, ohne Schatten zu werfen. Wie lauschte man – gab es noch Lieder? – und fand die Geigen ohne Süße. Gebetmühlen, leere Seufzer, nichtige Klagen. Man ging vor das Haus, man wollte Peitschenknallen und Räderrollen, eine Staubwolke auf der Landstraße, eine unerwartete Begegnung. Aber die Ankömmlinge waren fürchterlich gleichgültig. Man tat gut, das Gesicht in blühenden Hecken zu vergraben und sich einzureden: »Wie die Blumen duften! Die Knospen springen! Die Früchte reifen!«, und vergeblich umarmte man einen Baumstamm und betastete mit den Händen die raue Rinde. Vor dem nächsten Bauernhaus redete man ein Kind an. Die alte Frau am Brunnen war offenbar taub. Kalte Panik! – Und am Abend, untröstlich, spielte man auf dem Teppich mit seinem Hund. Er war zärtlich, er hatte bernsteinfarbene Augen.

Aber ich war satt, damals! Mein Verstand war ein abgerichteter Knecht. Als guter Förster wusste er im Wald die Stämme auszuwählen, die gefällt werden mussten, und zeichnete sie mit einem wohlgezielten Axthieb. Er verirrte sich nie. Wohin ich auch gehen mochte, immer fand er eine gerade

Straße für den Heimweg. Und alle Dinge konnte er mir beim Namen nennen. Er unterschied eine Fabriksirene von den Nebelhörnern der Dampfer, das Licht eines einsamen Gehöftes vom einsamen Licht der Sterne. Und er hatte einen hoch entwickelten Gerechtigkeitssinn. Nichts konnte ihn täuschen oder verführen.

Jetzt scheint mir, ich hatte mir einen faulen Knecht herangezogen. Dieser Schutz, den er mir angedeihen ließ, war tödlich. Und die sorgfältige Auswahl der Wege! Und die praktische Ordnung der Dinge! So viel peinliche Meisterschaft …

Jetzt hat sie mich endlich im Stich gelassen. Wie sollten mir nicht die Augen übergehen angesichts der Unschuld der neuen Erde? – *Dieses ist namenlos* –. Glück? Erfüllung? Vision der Wahrheit? Musik der Sphären? Himmlische und irdische Liebe? Vermählung, Jubel, Marter? Oh, marternde Angst! Mein aufgerissenes Herz, und ich finde kein Wort der Erlösung. Ich bin der Sprache nicht mehr mächtig. Erbarmen!

Ich habe mich rufen hören: »Warum hast du mich nicht mit Blindheit und Taubheit geschlagen!« – und doch habe ich noch nicht gelernt, zu sehen, zu hören, und doch ist es nie genug, nie genug. – Manchmal bin ich so erschöpft, dass ich in tiefen Schlaf falle. Es ist der Schlaf der Tiere. Keine Bilder, keine Träume, keine Stimmen, keine Halluzinationen.

Kein Abendgebet, kein Morgenstern. An die Brust der schweigenden Erde gesunken. Denn ich finde zurück – wie weit ich auch fliehen mag – und berge mein Gesicht in den Händen, die mir die Wunden schlugen. Einzige Wohltat … Schon bedroht vom Erwachen, beruhige ich mich: »Du wirst nie wieder wach werden!«, und versichere mich der schweren Süße des Schlafes. Aber ein Trunk frischen Wassers genügt. Und noch einmal bereitet mein Herz allen Leidenschaften eine Stätte. Ich grüße die Quellen, die Ölbäume, die Bläue der fernsten Hügel. Ich werde euch erreichen, noch bevor es Abend wird! Die fruchtbaren Götter Coelesyriens bleiben zurück. Gibt es andere Götter? Ischtar, Mutter der Aschenhügel, Jungfrau der Steinwüsten, die zwölf Passionen am Wege. Wer erwidert meinen Gruß und nimmt meine Gebete auf? Kuppeln, Medressen, Grabstätten, Tempel, euer Allerheiligstes ist mir verschlossen. Welcher Formeln soll ich mich bedienen? – Ich stammle, und es ist gut, dass mich keiner hört.

Ich beginne zu begreifen, ja, für die Dauer eines Augenblickes begreife ich, dass meine Sprache nicht verstanden werden darf! – Ich will kein Gehör finden, meine Lieder sollen verhallen, keine Orakel sollen mir antworten, keine eleusischen Mysterien mir enthüllt werden, der Rauch meiner Opfer soll nicht aufsteigen. Keine Opfer mehr, keine Altäre, keine Hymnen – ich nähere mich der Stummheit der Kreatur ...

Denn der Menschensohn ist noch nicht geboren. Weinende Engel verkündigen ihn – und wir lauschen schweigend.

8

Aber ich lerne furchtbare Ermüdungen kennen. Manchmal, wenn ich einen Hügel erklimme, muss ich atemlos haltmachen, meine Füße tragen mich nicht mehr, und die Dunkelheit kommt zu früh. Dort, der gelbe Streifen am Horizont, am erkaltenden Himmel – welche Landschaft empfängt seine letzten Flammen? Noch ehe ich einen Blick tun konnte, wird sie versinken, für immer. Und die Schiffe auf dem Grund des Meeres, die begrabenen Städte, die Paläste unter dem Wüstensand – meine Ohnmacht erstickt mich! Und die Zeit verrinnt, ungenützt – jede Stunde mit ihrer einzigen Erkenntnis, die ich versäumt habe. Verlorene Gesichte, verschwendete Hoffnungen, so viel vergebliche Qual – und ich bäume mich auf: Schneller! Die galoppierenden Pferde, die fliehenden Wolken einholen! – Ach, in der Morgendämmerung die seligen Inseln, ihre Ufer gebadet in Licht! – Wo erwarten mich die großen Tröstungen – wo endlich?

Ich bin allen Demütigungen ausgesetzt. Das kleinste Hindernis wird mich zu Fall bringen. War ich vermessen? War es zu früh, die himmlischen Scharen zu begrüßen, die Vision der Zukunft? – Meine Erschöpfung kann kaum den Tag überstehen! Und ich mahne mich zur Vorsicht: »Dämpfe deinen Jubel. Lege deiner Ungeduld Zügel an. Beschwichtige dein Herz. Lass ruhen …« Aber was hilft mir alle Voraussicht? Inzwischen hat der Schmerz die Dämme eingerissen und ist uferlos geworden. *Uferlos:* die morgigen Wege überflutet.

Ich muss lernen, auf dem Wasser zu gehen und mit unverletzten Füßen das Feuer zu durchschreiten. Ich lerne, an Wunder zu glauben: *Das Wunder ist mein tägliches Brot.* So nur harre ich aus, so nur ertrage ich es, ohne Hoffnung und ohne Voraussicht zu sein. Der Tag hebt erst an: Entzückungen auf allen Fluren.

In diesen Ländern durchwandere ich alle Zeitläufe. Die Trennungen der Jahrhunderte sind aufgehoben, die alten Denkmäler werden zu Bildern des unaufhörlich Wiederkehrenden, und die flüchtigen Spuren der Stunde sind Zeichen einer ewigen Übereinkunft. Könnte man auf solche Weise die Gesetztafeln wiederfinden? Welche Entdeckungen sind mir noch zugedacht? – Geduld! Manchmal weiß ich nicht, ob ich einem Martyrium ausgeliefert wurde oder einer namenlosen Freude. Die Fülle bestürzt mich, ich kann keine Auswahl mehr treffen, ich irre durstig in den Weinbergen und schlafe unter Dattelpalmen, die mich mit ihren Früchten überschütten. Ich berühre alles: Gras, Rinde, Schale und Kern, die raue Wolle der Schafe, den in der Sonne gebackenen Lehm, die Kühle des bauchigen Tonkruges, die flachen Brote, die ungesalzen und warm aus den runden Öfen kommen, das zischende Eisen, die Löwenhäupter aus Stein, die blauen Perlen, die Amulette – alles mit ungeteilter Zärtlichkeit. Ich halte den Wind in den Büschen und neige mich über die dunkle Brunnentiefe. Keine Erinnerung knüpft Fäden, kein Name Bekanntschaften, und das Licht dieser gesegneten Tage ist so klar, dass sich kein Schatten zwischen mich und die Gegenstände schiebt: Ich begegne ihnen unvermittelt. Die Schwere einer Felswand stürzt auf mich – sie ist zu hoch, mein Auge kann sie nicht ermessen. Ich gehe weiter, ein Tal öffnet sich, die Abhänge zur Linken sind von Terrassen gestreift, zur Rechten viereckige, ährengelbe Felder, eine zusammengedrängte Herde von Lehmhäusern, darüber eine weiße Moschee, gekrönt von einer blaugrünen Kuppel. Den Talausgang verschließt eine weiße Bergwand. Der Himmel ist durchsichtige, zerfließende Helle.

Und ich schaue – Versunkenheit, schmerzlose Stille – und höre die Sphären kreisen. Wunderbares Ineinander von Lichtstreifen, die mit dem Abend geboren wurden und durch das unbefleckte Gewölbe geistern, unschuldig wie junge Tiere, unheimlich anmutig wie Nebeltänze am Waldsaum, schnell und sprühend wie Feuerkugeln. Die Bergwand ist ein eherner Schild geworden, auf seinen Rand prasseln die Blitze der Einsamkeit. Meine ermüdeten Augen kehren in die versammelte Talnähe zurück, da sind die Abhänge in Dunkelheit getaucht, die Terrassen erloschen, die Felder in Schlaf gesunken, die weiße Moschee – eine blasse Mondsichel –, der Nachtfrieden ist sanft wie Tau.

In einer frühen Stunde vernehme ich den Gesang der Noriahs und begegne den Ersten Menschen. Ich komme aus der Steinwüste, aus einer langen Dämmerung – die Sonne war eine Larve und lag unbeweglich an der Scheide zwischen Tag und Nacht. Kälte und kraftloses Licht hielten die Ebene in bleierner Umarmung. Steinwüste: Das ist armes Land, worin welke Grasbüschel beständig nach Atem ringen und ihre Samen in den Wind streuen wie durstige Rufe … Zuletzt wand sich mein Weg über nackte Felsplatten, die den Rücken von Schildkröten glichen. Im Osten, wo noch immer der Sonnenball leblos verharrte, wusste ich die Welt ungeboren, unter Sandfluten. So lange dauerte die Reise im Zwielicht – mir wollte der Mut sinken. Da hörte ich von weit her, aber deutlich und unmissverständlich das Singen großer Wasserräder: ein Balken, der sich mühsam um seine Achse dreht, das Knarren hölzerner Speichen – und gurgelnde Flut, aus der Flussströmung gefangen und in klappernde Schaufeln geschöpft, emporgetragen im Schwung des mächtig kreisenden Rades, ausgeschüttet und in geglätteten Holzrinnen den Kanälen zugeführt, den Feldern, den wartenden Gärten. Ein ganzes Netz von Kanälen verteilt sich über die grünende Erde, da erklingt die Musik des Wassers wie liebliches Saitenspiel!

Und die serene Heiterkeit des Morgens … Lämmer tummeln sich auf einem Wiesenstreifen, wollige Schäferhunde umkreisen die Herde, die langsam zu den Hügeln zieht. Die Hirten in großen Mänteln aus steifem Filz und die Bauern hinter dem Stachelpflug, der, von einem Ochsenpaar gezogen, einen dünnen Saum schäumender Schollen wirft. Zum Flussufer steigen unverschleierte Frauen hinab, den Nacken gebeugt unter dem federnden, von zwei Eimern beschwerten Joch. Andere, den Tonkrug auf dem Haupt, eine Hand in die Hüfte gestützt, wandeln auf den Pfaden zwischen Bananenblättern. Und überall das Gespinst silbriger Adern, so weit der Blick reicht … Auf einem entfernten Acker geht ein Mann in weißem Tarbusch und treibt mit rauen Rufen seine Esel an. Der breite Schatten der Noriahs bewegt sich langsam über die Felder wie der Zeiger einer Sonnenuhr. Schon nähert sich die Erschlaffung der Mittagsstunde, die sieben Ährengarben ruhen unter einem staubigen Feigenbaum.

Jenseits des Flusses, auf den Hügelstufen, liegt, von kobaltenem Licht umflossen, die weiße Stadt.

Wundere ich mich, dass meine Augen manchmal blind werden möchten und Einkehr halten in ein regloses Mondtal?

Aber bald jage ich Schakale in den Wüsten Mesopotamiens, wo die alten Kanäle versanden, die alten Dämme eingestürzt sind, die Flüsse ihren Lauf verändert haben und die Städte, die sie einst an ihren Ufern speisten, in Staub zerfielen und versanken. Ich schieße Wildenten in den Sümpfen von Birs Nimrod, ich ruhe im Schatten des Babylonischen Turmes, und am Morgen betrete ich die erstorbenen Gassen, steige auf den zerfetzten Hügel, wo einst Burg und Tempel thronten, und halte vergeblich Ausschau nach den hängenden Gärten. Da ist die mit Gold gepflasterte Straße der Prozessionen: Gras überwuchert die Fliesen, darauf schläft ein Hirtenknabe, der Kopf ruht auf dem Rücken seines Lammes. Knabe Daniel, schau auf, dass ich der Unschuld deiner Augen begegne!

Ich bin schon zu lange an diesem Ort geblieben, der die sieben Wunder der Welt versammelte und die Pracht der Sünde. Einst ging der Held Gilgamesch über die Rossweiden, die Schenkel mit Erz umkleidet, und die Menschen wohnten in geflochtenen Hütten aus Stroh und Schilf. Abel hütete die Herden seines Vaters und zündete sein Opferfeuer an. Und bärtige Engel wachten an den Löwengruben. Aber seitdem der junge Abel erschlagen wurde, brennt das Mal des Bruderverrates auf unseren Stirnen. Unauslöschliches Vermächtnis! Jakob hinterging Esau, die Elf verkauften Josef, die Heimtücke geht um im Schutz der Nacht und malt die Türpfosten rot. Sucht die Schuldigen! Soldaten, schwärmt aus und erwürgt die Kindlein von Bethlehem! Richtet die Kreuze auf, und dass ihr mir keinen verschont … Im Namen der Gerechtigkeit, im Geiste des Erbarmens, denn wir sind alle schuldig voreinander, Hörige des ersten Sündenfalls. Fragt eure Pharisäer, eure Priester, Richter, Schriftgelehrten: So nur erklären sich alle Frevel. Und die ungesühnten Heerscharen unserer erschlagenen Brüder ziehen vorüber …

Welches Entsetzen breitet sich aus? Pharisäer, welche Versöhnung bietet ihr, mit welchem Gott, um welchen Preis? – Ich hatte vergessen, vergessen die furchtbare Handelseinigkeit der Welt! Knabe Daniel, schau auf! Du und ich, wir wollen uns nicht fürchten. Der König von Babylon hat sein Recht verloren, der Stein Hammurrabis liegt in Trümmern, Gras wuchert in Tempelhöfen, die Prinzessinnen schlafen neben den Schuldknechten, die Tore der Gefängnisse stehen offen, und du stiegst unverletzt aus der Grube. Fürchten wir uns nicht, fürchten wir uns nicht! Ach, die Verwirrung der Sprachen, die Pracht der Sünde! – David, deine Stimme vermag das Herz des Königs nicht mehr zu rühren …

Auf was lausche ich noch? – Über diesen Ruinen herrscht eine unmenschliche Stille, und draußen weht der Wüstenwind, beständig wie Flut und Ebbe, den gelben Sand über die letzten Wälle. Ich muss den Staub von den Füßen schütteln, mich hat Furcht angerührt – welche Furcht? Vor einer längst verdorbenen, längst in Asche gesunkenen Welt? Was kümmert mich der Flammenpfuhl von Babel. Ich trete die Reise nach Süden an, dort harren Königsfriedhöfe, Gräber, bis zum Rande gefüllt mit herrenlosen Reichtümern. Es wird eine Lust sein, im Gold zu wühlen, das die Diebe genarrt hat, und die Edelsteine, Perlen, Halsbänder, Arm- und Stirnreifen, die Schlangenhäupter kostbarer Spangen durch die Hände gleiten zu lassen. Die Kette aus Lapislazuli, für die bleiche Schönheit einer Prinzessin bestimmt – unnütz wie ein Rosenkranz –, und das diamantene Diadem, das keine gekräuselten Locken mehr schmückt: Ich werde mich berauschen an der Vergänglichkeit der Herrscherhäuser, ich werde den Weihrauchduft verwehter Asche atmen. Und endlich werde ich in das tote Flussbett hinuntersteigen, zu den raschelnden Eidechsen, und werde des Nachts die Schakale bellen hören. Im Schatt-el-Arab wird die Reise enden, in den Fiebersümpfen von Bassorah. Dort stoßen im Mondschein die Fähren ab, und die Perlenfischer von Kuwait entfalten die Segel ihrer gebrechlichen Boote. Ja, diese Reise wird einmal ein Ende nehmen, eines Tages werde ich den Strand des Meeres erreichen, die Küste des Golfes von Persien, und meine Augen werden nichts mehr sehen als den runden Horizont. Dort steigen, zwischen Himmel und Wasserspiegel, schräge, mit gedämpftem Licht gesättigte Strahlen auf und nieder, Leitern der letzten Vermählung. Ich werde ruhen auf den Dächern von Kuwait und die Fische des Sultans essen. An seinem Hof, in seiner Stadt soll ein buntes Leben herrschen. Die geschmeidigen Söhne schwarzer Sklaven vermischen sich mit arabischen Buhlknaben, und die Familienväter verkaufen ihre Kinder an ungeschlachte Würdenträger. Nicht der Not gehorchend – nur den alten Gesetzen der Freude. Denn in der Stadt herrscht Überfluss, das Meer trägt Perlen und schillernde Nahrung an den Strand, mühelos ziehen die Fischer ihre schweren Netze ein, und im Basar häufen sich die Schätze Arabiens, Trägheit und Flötenspiel paaren sich im Schatten der Häuser, Gastfreundschaft empfängt den Fremden. – Meerblaues Kuwait! Ich werde meinen Durst mit Eselmilch löschen und meinen Hunger mit unbekannten Gewürzen reizen. Ich erwarte die Glut deiner Winde, die Erfrischungen deiner bemalten Fächer – eine bleiche Ohnmacht erwartet mich …

Und ich werde zum Hafen schlendern, abends, wenn die Schiffe heimkehren. Mit flatternden weißen Segeln sehe ich sie einbiegen in die anmutige Bucht. Lichte Heiterkeit des Abends …

Ein Ziel erreicht, überstanden Mühsal und Gefahr. – Und was? – Verhallt das dumpfe Dröhnen der Karawanen? – Und ich werde entlohnt wie ein Kameltreiber am Tor der Totenstadt? – Meine Spuren im Sand verweht, meine Anstrengungen vom Wind weggetragen? – Viel Aufwand um die Fische des Sultans! – Herr, ich habe keinen Lohn verlangt, und es war von keinem Ziel die Rede. Welche Verfehlung habe ich also auf mich geladen?

Keinen Götzendienst getrieben, mir keine falschen Bilder gemacht – ach, marternde Erschöpfung! Die Vögel des Himmels speisen mich nicht mehr – und jetzt: Zuckerwerk und Flötenspiel? Welchen Bezauberungen soll ich mich zuwenden? – In jener Stadt soll es unerhörte Gifte geben, ich werde in einen nie gekannten Schlaf sinken, Gelächter wird meine Träume schütteln, ich werde ein Seiltänzer sein in schwindelnder Höhe über dem Volk des Marktplatzes. In welchen Künsten werde ich mich üben, in welchen Freuden, in welcher Vergessenheit!

Gaukler, Magier, Feueranbeter, Schlangenbeschwörer, ich misstraue euren Kenntnissen nicht mehr, sie sind erlernbar. Ich nehme teil an den Mahlzeiten der Haschischesser und Opiumraucher, ich schmecke den Tod der irdischen Genüsse … ach, fürchterliche Linderung!

Meine Schläfen zerspringen, ich muss die angesammelten Bilder, die gehäuften Qualen zerstreuen, mich auf Hängebrücken wiegen, baden in kühlen Schaumkronen. Seht den Schweif der Kometen und wie sie zischend verlöschen – das Meer glättet sich und verlangt nach dem Mond –, ich spiele mit silberbärtigen Delfinen, ich versinke – kein stechender Atem mehr, eine sanft rollende Flut trägt mich hinweg. – Und es ist noch nicht aller Tage Abend geworden? – Betrug, Ohnmacht, Angst – was erwarte ich, welche Umarmungen sind noch für mich bereit? Fliehen, fliehen – *fliehen* –, schweißüberströmt knie ich im Wind, wohin mich wenden? – Mutter! – So lebt man nicht …

Die Samariter kamen des Weges und lasen mich auf. – »Dein Ziel, arme Seele?« – Ich musste lügen: Die Stadt Kuwait, die glücklichen Küsten – schlechter Trost! – Kein höhnisches Lächeln auf euren Lippen? – Warum waltet ihr nicht eures Amtes und übt Barmherzigkeit? – Einen Schluck Wasser für meine durstigen Augen!

9

Das Fieber vorbei – ich habe geweint, bis mein Herz erschöpft, mein Kopf ganz leer geworden war. Als ich dann aufstand, um meinen Weg fortzusetzen, sah ich die leeren Horizonte in einem unnachsichtig klaren Licht. – *Ja, um den gleichen Weg fortzusetzen* – was anderes bliebe mir zu tun übrig? »Aber du kannst haltmachen, kein Gesetz zwingt dich, du hast niemandem dein Wort gegeben, bist an kein Ziel und an keine Zeit gebunden – warum so eilig? Zehre ein wenig vom Reichtum deiner Erinnerungen, gönne dir ein wenig Beschaulichkeit, erlaube dir den Umweg zu grünen Oasen, nimm in ihren lauschigen Gärten teil an den einfachen Freuden des Mahls: Du wirst satt werden und eine angenehme Ermüdung verspüren. Lockt es dich nicht, in den aufgeschlagenen Büchern Heldengedichte und Liebeslieder zu lesen? Die Lust goldroter und persischblauer Miniaturen zu entdecken? – Äußere einen Wunsch, aber lass ihn erfüllbar sein, stell dir neue Aufgaben, aber sei sicher, sie zu lösen, nenne einen Feind, den du besiegen wirst in ritterlichem Spiel. Wie viel Zerstreuungen leichten Herzens einzutauschen gegen die Mühsal des einförmigen Weges – lockt dich der Vorteil nicht? Losgelöst vom starren Brand mittäglicher Wüsten, werden sich deine Augen ergötzen an der unverhohlenen Lieblichkeit unserer zahmen Gazellen in der Waldlichtung. Dein Trotz ist besorgniserregend: Was erwartet dich am Rand eisiger Nächte?«

Lasst mich! – Mich ergreift, ich weiß nicht, welche Verzweiflung beim Anblick eurer frisch gefärbten Teppiche. Ich bin nicht trotzig, sondern ratlos. Entlasst mich aus eurer Sorge!

Meine Pferde sind nicht schnell genug? Meine Waffen nicht geschliffen, mein Schild nicht gehärtet? Die ungezähmten Falken, die ich aussandte, werden nicht zurückkehren? – Ach, ich rühme mich keines besonderen Schutzes! Mein Mut reicht nicht besonders weit, manchmal halte ich kaum meine fünf Sinne beieinander, ein Rauschen in den Zweigen macht mich zittern. Die Windmühlen des Don Quichote sind noch greifbar gegen die Schrecknisse, denen ich ausgesetzt bin, meinen Zweifeln drohen täglich neue Bestätigungen. Und die Furcht hat mich angerührt – die Furcht ohne Antlitz, ohne Namen. Sie geht manchmal vor mir her wie ein Todesengel, dann erlöschen die Fluren, und die weißkrustigen Ufer der Salzseen breiten sich aus. Was bleibt mir? Der Abdruck zierlicher

Hufe, Muscheln, Gräser, versteinerte Salamander, der Trauerruf ziehender Vögel. Ich weine – niemand hört mich. Schreckliche Vergeblichkeit jeder Auflehnung? Die lastende Schwermut fremder Zonen! Die Furcht, das einsame Verlangen …

Ich muss die Bilder wiederfinden, die meine Seele liebt. Weiß ich, an welchen Horizonten sie suchen?

Ich erhielt das Geschenk einer fürchterlichen Freiheit …

10

Mir will jetzt, am Ende aller Wege, scheinen, dass ich mir Persien nicht ausgesucht habe – ebenso gut irgendein anderes Land. Man höre: Afghanistan, Aral-See, Buchara, Swanetien, Ormus, Pendjab, Kaschmir, Turfan – und Pamir (kirgisisch: »Einsamkeit«), das Dach der Welt. Ich redete mir ein, auch die wundervolle Hochebene Persiens sei *das Dach der Welt.* Warum nicht? Aber ich kann mich irren. Hingegen ist der Name unwiderruflich, mit dem wir dieses Tal nun einmal getauft haben:

Das glückliche Tal

Ich nehme an, ich fand hier ein Klima, das mir zusagt. Das Malariafieber musste ich allerdings in Kauf nehmen, sowie manches andere. Aber ich bin dreimal nach Persien zurückgekehrt. Also wollte ich es … Meine Freiheit … Ich habe jetzt dieses Wort begriffen und spreche es auch aus, obwohl es mir große Traurigkeit verursacht. Keine Sorge! In diesem Land gedeihen die Traurigkeiten wie Granatapfelbäume. Und ich habe noch andere

Worte zu gebrauchen gelernt. – Worte sind kostbar, sind Hilfsmittel der Magie. Ich weiß, was ich sage, und denke nicht an die Schwarze Kunst, wie sie in Mazanderan, dem Teufelsland der Perser, geübt wird. (Ich erinnere mich: bleichende Tierschädel an Nebelhägen, spitze Strohpyramiden eines Dorfes aus Sümpfen auftauchend, Hütten auf Pfählen, rötliche Lampen im fahlen Dschungellicht, im Urwald, beim Köhlerfeuer, ein stummer turkmenischer Holzfäller mit krummem Messer, eine zwitschernde Schar von Frauen in langen Hosen und bunt bedruckten bauschigen Röcken mit Kesseln voll saurer Zebumilch, Händler hinter Auberginenkörben und klebrigem Kaviar, auf Zehenspitzen wippende Wasserträger, matte, gelbe Fiebergesichter, ein von Dornen umhegter Viehkraal, räudige Hunde, ein kleiner gefangener Bär, und in den regengepeitschten Dünen der Kaspi-See ein regloser, sicherlich verzauberter Adler ...)

Nein, die Magie, derer ich mich jetzt bediene, ist anderer Art und einwandfrei. Ich kannte sie schon ein wenig, als ich zum ersten Mal in Persien war – aber damals glaubte ich noch, sie einer Haschischpfeife zu verdanken. Nicht als ob ich mir davon einen leichten Genuss versprochen hätte, vom Geruch des Opiums in den Chauffeurkneipen wurde mir übel, die Bekanntschaft mit dem Laster war wie eine zweite, schon mit bitterer Reue genossene

Vertreibung aus dem Paradies, ich schreckte zurück wie vor dem Schlangenbiss. Aber man ermisst nur einmal die Versuchung, man bereut nur einmal. Ich gewöhnte mich an ein Mittel, dessen furchtbar wachsende Macht ich nicht ahnte und das meiner lechzenden Ungeduld die Linderung rascher Visionen bot. Die Wirklichkeit war mir unerträglich geworden – diese unvermittelte Begegnung mit der Welt, die ich doch so leidenschaftlich gesucht, so leidenschaftlich geliebt hatte! Die Wirklichkeit, die jede menschliche Rangordnung zurückweist, allen Berechnungen spottet, sich der Dürre unserer Systeme entzieht, deren Fülle wir doch immer vor Augen haben, deren Reichtum greifbar ist, deren liebende Umarmung wir ersehnen, hundertmal vergeblich, aber einmal, einmal doch berührt im Stand der Gnade! – Aber, freiwillig allen Schutzes beraubt, wehrlos, unermüdlich schauend, hatte ich mich verwirren lassen. Die Felsen kamen mir entgegen und erschlugen mich unversehens, die Flüsse lauerten auf mich mit der langsamen Wucht ihrer lehmgelben Wassermassen, graues Gestein, Basalt im Blau, war hoffnungslos schmerzhaft, die Ebenen waren nicht einmal feindlich, nur zu groß.

Bestürzt sah ich die gleißende Pracht goldener Moscheen über den Palmen von Schah Abdul Azim, den Dächern von Kum aufsteigen; die weiße Öde der Salzwüste Kewir machte mich taumeln, ein einsames Kamel, gefolgt von seinem Fohlen, ging dem Horizont entgegen und stapfte geduldig runde Spuren in den Sand. Es zog den rieselnden Pfad hinter sich her wie ein Schiff seine milchige Wasserbahn. Dann ermattete mich der schwindelnde Anstieg von Schalus, die kühnen Kurven, die tief in Schluchten griffen, um in jäher Wendung eine entblößte, von der Sonne gemeißelte Steilhalde zu durchkreuzen. Und die schaumige Leichtigkeit der Höhenluft, die ich jetzt zu atmen gewöhnt bin, machte mich zittern. Ich vertauschte sie mit den Fieberdünsten von Mazanderan, ich lernte eine vernichtende Schwermut kennen, genährt von der Feuchtigkeit des Dschungels. Nach Teheran zurückgekehrt, fand ich die engen Gassen von Hitze gesättigt wie Backöfen. Abends verließ ich das Tor und ritt rings um die zerfallenden Stadtmauern. Ich sah die Geier mit schweren Flügelschlägen über der Friedhofebene flattern, ich sah viele Karawanen, unterwegs nach Veramin, ich hörte ihre Glocken dröhnen. Und immer das eintönige Klagegeschrei der Esel. Unter dem bunt gekachelten Torbogen von Veramin würfelten Soldaten auf einem ausgebreiteten Mantel.

Ich kannte schon das unerhörte Farbenspiel der untergehenden Sonne, die sich aufzulösen, die zu sterben schien, wie sie dem staubigen Atem der großen Ebene entgegensank. Ich ritt schnell. Mein Pferd hieß Bacht. – Endlich konnte ich nicht mehr.

Ich merkte wohl, dass ich im Begriff war, sehen zu lernen, dass die furchtbare Entblößung, die mich der Unzahl der Bilder preisgab wie tätlichen Angriffen, eben der magischen Gabe gleichkam, eine wirkliche Beziehung zu diesen Bildern herzustellen, gleichzeitig ihre Farben, Formen und Maße in mich aufzunehmen, gleichzeitig ihre Bewegtheit oder Unbewegtheit, gleichzeitig ihren Gehalt an Freude oder Trauer, gleichzeitig ihre Stummheit, ihre Sprache, ihren Gesang, ihre erdrückende Nähe, ihre unberührbare Entferntheit und die Erinnerungen, die sie wecken, die Ahnungen, die sie vermitteln konnten. Ich wusste, dass mir im Zustand dieser Empfänglichkeit kein Vogelschrei über der Kaspi-See entgehen und dass seine heisere Wildheit, seine ansteigende Klage, seine Verlorenheit im Wind mir die verlorene, windgepeitschte Schwermut jener Küste zurückrufen würde. Ich wusste, dass der in rauschenden Farben vollzogene Sonnenuntergang über der blassen, in staubiger Hitze erstickten Ebene von Teheran für mich fortan immer die Vermählung von Himmel und Erde bedeuten würde, mit allem, was sie birgt an stummer Erwartung, Pracht und Augenglanz des Geliebten, schmerzvoll verharrender Zärtlichkeit, Auflehnung, tödlicher Süße, weinender Verschmelzung, Schlaf Herz an Herz gepresst im nächtlichen Zelt. Ich hörte die einsame Knabenstimme auf der

Brücke von Isfahan, schwebend über dem Wasser, und ich hörte den schwebenden, sinkenden, steigenden, wie auf Vogelschwingen segelnden Ruf der Mullahs, die sich zur Mittagsstunde, in weißem Turban und weißem Gewand, über die Brüstung schlanker Minaretts beugten, von Tauben umflattert, während der leuchtende Himmel und die azurnen Kuppeln ihre in der Hitze zitternden Pfeile aufeinander absandten. – Ja, ich wusste, dass ich nicht nur Bilder sah, Klänge vernahm und sie sammelte und auslegte nach meinem Belieben, sondern dass mir dies alles ungeteilt gehörte, dass zwischen mir und der sichtbaren, vernehmbaren, spürbaren, greifbaren Welt kein Hindernis mehr bestand. Aber ich wusste mich auch nicht mehr gegen sie zu schützen – die Ströme flossen durch mich hindurch und berührten mein Herz. Das war der Anfang der Magie, die Einkehr in die Wirklichkeit. Bereit, eine geoffenbarte Wahrheit zu empfangen (wie man die Klänge, die Bilder empfangen hatte), spürte man schon die Schauer ihrer großen Nähe. Aber obwohl ich mich nicht hätte einsam fühlen sollen – da ich umgeben, umwittert war von den verborgenen Energien der Erde –, fand ich mich manchmal, aus tiefer Versunkenheit zurückkehrend, allein am Rand der belebten Stadt. Während ich anfing, geheime Inschriften zu entziffern, Spuren zu lesen und meinen Entdeckungen neue

Namen zu geben, schien mir gleichzeitig das Verständnis der menschlichen Sprache abhandenzukommen. Ich glaubte mich reich, teilhaftig der Fülle, aber ein Eselschrei, ein fallender Stein machte mich aufschrecken, als sei ich nicht in der Welt gewesen, sondern außerhalb, auf Abwegen, und würde jetzt erst gezwungen, mich mit den Dingen auseinanderzusetzen, die Aufmerksamkeit meiner Sinne dem Eselschrei, dem fallenden Stein zuzuwenden. Ich hatte, um meine Freiheit zu erlangen, alle Gewohnheiten abgelegt, alle Erinnerungen vergessen, allen Höflichkeiten und Übereinkünften abgesagt – jetzt konnte mich ein Straßenhändler überrennen, das Rollen einer Droschke in Schrecken versetzen, und eine harmlose Unterhaltung unter den Gästen eines möblierten Salons brachte mich um den Verstand: Denn ich konnte, was ich jetzt um mich vernahm, nicht vereinbaren mit jener anderen Anschauung der Welt, wie sie mir eben noch gegenwärtig gewesen war, und die ich für unverfälscht hielt. Aber um diese Gegenwart zurückzugewinnen, um mich ihrer wieder zu versichern, musste ich immer aufs Neue jene absolute, von keinem fallenden Stein gestörte Stille um mich versammeln und in jener einsamen Entblößung verharren, die mir manchmal unerträglich schien – obwohl gerade dann mein nüchternes und leeres Herz empfänglich wurde, Raum hatte für bisher ungeahnte

Kräfte und ich gerade dann – nur dann – von einem Gefühl ergriffen wurde, das von Freude oder Schmerz gleich verschieden, dem Erstaunen der Liebe verwandt, nur noch einen Schritt entfernt schien von einer wahrhaft seligen Erfüllung. Aber gleichzeitig wusste ich, dass ich sie *nie erreichen würde*. Dass der Zustand intensiven, unablässig erneuerten Wartens einer närrischen Besessenheit glich. Dass ich es verschmähte, mein tägliches Brot zu verdienen mit der Ausrede, es gebe Wichtigeres zu tun. Und dass die Erschöpfung nicht ausbleiben würde. Was dann? – Die Erinnerung an die barmherzigen Samariter versetzte mich in ohnmächtigen Zorn! – Habe ich Angst?, fragte ich mich, habe ich etwa Angst? So sucht man im geliebten Antlitz, in den geliebten Augen, und erwartet keine Antwort.

Und ich frage dich jetzt, ich *muss fragen*, solange mir deine Gegenwart noch sicher, solange noch nicht alles verloren ist: Lautet so der letzte Trost? Ist das die letzte Wegzehrung – so herben Geschmackes? Reifen die Ängste der Liebe und die Angst vor den äußersten Dingen unter dem gleichen Himmel? – Die Erschöpfung, die furchtbare Nachhaltigkeit des Entzückens, das du mir schenkst, das Schweigen, das mir deine Sanftheit auferlegt, und die Trauer immer auf der Schwelle …

Ich werde dich nie verlassen! – warum weine ich also, warum ist dieser Schrei so verzweifelt? Wir sind doch allein in diesem Zimmer, die Wände schweben, nichts stört die Stille, nichts verhaftet uns mit der schweren Erde. Und doch sendet sie ihre Jäger aus, und die Hörner erschallen, und die Meute wartet, und die Bogensehnen spannen sich, und die Fackeln flammen, und der Hirsch bäumt sich auf, und die unstillbare Zärtlichkeit wird zusammenbrechen, lautlos?

Ach, ich leide Mangel! Ich will die Beschwichtigung deiner Hände! – Antworte nicht, antworte nicht!

11

Mein Pferd Bacht, wir halten noch vor der fremden Stadtmauer. Deine Flanken beben, du wieherst ungeduldig, dein Hals ist mit Schaum bedeckt. Noch ist nichts geschehen!

Alle Wege sind uns noch offen. Lass uns um die Stadt reiten, Taubenschwärme hängen über ihren Gärten, bei ihrem Anblick befällt mich eine sonderbare Müdigkeit. Der Wind erhebt sich in den Schluchten des Tauschalgebirges und fällt in die Ebene hinab, schwer wie ein Sandsack. Schatten breiten sich aus, aller Glanz erloschen. Die goldene Kuppel von Schah Abdul Azim war ein Traum. Jetzt bleibt dem Oasendorf nur die Hässlichkeit der Palmen. Staub macht sich ringsum auf und rückt vor, langsam, Wände starrender Lanzen. – Flucht? – Wir sind schon eingekreist. Und diese Nacht wird kalt, wie sie überstehen? – Gewärmt an der Armut rötlicher Basarfeuer, so wie andere Nächte. Ich habe sie in Gesellschaft von Opiumhändlern, Antiquitätendieben und Chauffeuren verbracht. Nicht schlechter als in den Jagdlagern persischer Prinzen, an den Kaminen der Gesandtschaften. Diese Nacht wird vorübergehen wie alle anderen Nächte, die vergangenen, die zukünftigen. Mut! Alles geht vorüber. Es lohnt sich nicht, viele Worte zu verlieren.

Gestern schien mir die Sprache zu dürftig. Ich glaubte, Armeen aufbieten zu müssen, alle Zungen des Erdballs – und sie genügten noch nicht, ich musste Worte erfinden. Denn ich wollte ein Konzert veranstalten, und mir fehlte der Ton einer Holzflöte. Jetzt fehlt mir nichts. Ich könnte weinen darüber! Ich weiß nichts mehr, meine Bedürfnislosigkeit äußert sich stotternd und kommt mit zwei Worten aus – Sonnenaufgang, Sonnenuntergang –, die ich unablässig wiederhole. Und dann: »Rettet mich, rettet mich!«, als ob mich eine sterbliche Seele hören könnte.

Die Krankheiten, die mich befielen, gehören zu diesem Land wie der gelbe Staub und die weiße Mohnblüte, darum hielt ich sie zuerst für harmlos. Malariafieber, Dreitagefieber, Fieber der blauen Wanzen von Firuskuh – meiner Schwäche waren alle Namen willkommen. Ich lernte Schüttelfröste und taumelnde Nächte kennen, am Tag traute ich mich nicht mehr aus dem Dunkel des Gartens, in dessen Büschen große Falter schliefen. Wasserspinnen kämpften träge mit Taranteln, die Moskitoschwärme sanken wie Schleier auf die schwarze Fläche faulender Teiche. Kein Luftzug drang durch die Lehmmauern, die Platanen erstickten im dichten Unterholz. In einer Lichtung wartete eine Koppel persischer Windhunde, vor Hunger winselnd. Abends ließen wir sie vor unseren Pferden herjagen, die Ebene war in der Dunkelheit beinahe weiß und traurig wie eine Winterlandschaft in Mondlicht und Nebel. Die Hunde trieben Hasen, Antilopen und Schakale auf; sie spannten den gewaltigen Brustkorb wie eine Bogensehne und schossen davon, hinter ihnen – wie der Schweif eines Kometen – eine schimmernde Staubbahn. Die Pferde stürzten sich begierig in den Kampf, der Boden dröhnte unter ihren Hufen, aber die Beute, in vier Teile zerrissen, verendete, ehe wir sie erreichen konnten. Auf dem Rückweg bogen wir in einen Garten ein, der keine Mauern hatte und aus einem einzigen, von der Allee durchschnittenen Feld weißer Blüten bestand. Ihr berühmter, in der Nacht geborener Duft wehte mich an und war trostlos. Ich wagte nicht mehr zu atmen und trug den Strauß auf dem Arm mit mir fort, den mir der Gartenbesitzer, ein Alter im Seidenmantel, zum Geschenk gemacht hatte. Wieder in der Ebene, fanden die trabenden Pferde den Weg allein. Die Windhunde neben uns waren folgsam und befriedigt. Endlich schlossen Diener hinter uns das Tor und fingen mich auf, als ich aus dem Sattel glitt. Am Teich sitzend, überließ ich mich der Erschöpfung. Schwüle ging um, die Sterne waren unbeweglich. – In anderen Ländern verschwendet jetzt die Nacht ihre Wohltaten … Aber ich werde diese Länder nicht erreichen. Es ist unnütz, ich werde nicht einmal einen Blick tun. Wem war die Erde versprochen? – Ich erwarte immer nur den Tagesanbruch und koste seine bleischwere Enttäuschung. Dann vergehen die Stunden mit Rätselraten auf dem roten Teppich; denn im Garten ist es zu heiß. Dieser Teppich ist vollgesogen mit Tränen! Gegen Abend putzen die Diener den Samowar und tragen Wein und Früchte auf. Die Gäste kommen, um mich zu zerstreuen, die neugierigen Windspiele drängen sich schmeichelnd an meine Knie. Plaudernd versichern wir uns unserer gegenseitigen Freundschaft; aber unter den Platanen breitet sich ein fürchterliches Schweigen aus.

Ich blicke verstohlen auf die Uhr. Ich fülle die Gläser. Hatten die Zeiger sich bewegt? – Um einen Stundenschlag! Um das Ende dieser Heimsuchung! Morgen werde ich ein Lamm schlachten und Weihrauch verbrennen, ich werde Buße tun, opfern, bereuen, ich werde wallfahren, Gesänge anstimmen, Totenwache halten, ich verspreche alles, ich werde alles erfüllen! Ich werde abschwören! – Wenn nur diese Stunde an mir vorübergeht – Morgen, arme Seele, werden wir alles vergessen haben, alle Schmerzen überstanden, und werden im Schatten schlafen. Wir werden uns nie mehr erinnern, nie mehr! – Meine Armut schreit zum Himmel … Gäste, Goldsucher, Glücksritter, wer machte euch trinkfest? Brave Leute, wer gab euch genug zum Leben? – Wer lehrte euch die Gebärde des Mutes, des Unmutes, des gerechten Zornes? Wer hieß euch für eine gerechte Sache fechten, den Einsatz wagen, Lorbeeren ernten? – Und die Früchte eures Fleißes? Die Kinder eurer Liebe? – Eure Tränen? – Denn ihr vergießt Tränen, sagt, ihr kennt Trauer, Freude, herbe Entsagungen, Versöhnungen, Prüfungen aller Art? – Welcher Glaube stärkt euch? – Im Schweiße eures Angesichts verdient ihr euer Brot, im Glauben des Herrn besiegt ihr eure Feinde, in seiner Demut überdauert ihr Niederlagen und wartet, dass die Saaten aufgehen – Herren und Knechte, macht euch die verlorene Unschuld nicht weinen? Wer hieß euch eurem guten Tagewerk nachgehen und das Böse meiden, wer schrieb die Verträge, die Gebote, die ihr treulich erfüllt, wer gab euch Waffen und Fahnen? – Die Fahne in Ehren! Das Unrecht rächt sich auf Erden! Den Kindlein gehört das Himmelreich. – Wie ertragt ihr, was euch beschieden wurde? Krankheit, Alter, Tod – und leben um jeden Preis? Mit himmlischen Erbauungen, in Höllenfeuern, zwischen Himmel und Hölle euer Platz?

Und seid ihr eures Schicksals Schmied und findet

euren Meister und lasst euch taufen, Gottes Kinder, aus dem Paradies vertrieben, ohne Liebe aufgewachsen? Genährt mit Blutsuppe, gefeit gegen Gifte, im Unrecht watend bis zu den Hüften, und unbeirrt? Welcher Abhärtung, welcher Abstumpfung bedurfte es, um die Herrschaft über die Erde anzutreten?

Freund, auf ein Wort! – Aber ich weiß das Wort nicht, ich habe keine Fragen mehr zu stellen, ich habe nichts mehr zu sagen, ich verliere mich in unerklärlichen Schmerzen ... unerklärlich? – Wo drückt der Schuh? – Ach lasst, ich habe mich geirrt: Es ist nur Herzklopfen und Angstschweiß, die bleiche Hitze. Nichts zu lachen: Vielleicht habe ich Heimweh. Denn ich kannte bessere Tage und werde wieder bessere Tage sehen. – Da krümme ich mich: Höllenpein! Gigantischer Betrug! Falschmünzerei! Spürt es keiner? Begreift keiner? – Erschlagt diese Nacht! Reißt mir diese Stunde vom Hals! Haltet diese Erde an, löscht diesen Himmel! Löscht! Schweigt! Ich flehe ...

Damit rührt man kein Herz und erwirbt sich keinen Dank.

Meine Fragen klingen wie ebenso viele Flüche. Die Antworten sind sprichwörtlich und höhnen meiner Ohnmacht. Namenlose Anfechtungen muss man verschweigen können wie ruhmlose Niederlagen. Und ich habe keinen Feind! Auf den

Wegen der Fremdheit erkannte mich niemand, und die Wege Gottes sind unerforschlich – was beklage ich mich also?

Vielleicht bin ich meinem Schicksal nicht begegnet, es könnte der Preis sein, den man für die Freiheit zahlt. Ich glaubte mich außerhalb des Gesetzes, ich vergaß die Erbsünde, den Fluch – und auch das Kainsmal. Oh, vermeintliche Unschuld des Narren! Frevelspiele! Geflügelte Sohlen!

12

Die Hand aus den Wolken – in meiner Not wandte ich mich zur verbotenen Magie.

Ich versuche, mich ihrer Fähigkeiten zu erinnern. Sie war wirksam, ich konnte wieder atmen. Aber sie heilte nicht, verwandelte nicht, befreite nicht. Sie verlieh keine Kräfte, spendete keine Freude und war gnadenlos wie Wasser und Feuer. Sie betäubte nicht wie schwerer Wein und wusste nicht zu berauschen wie Wind und Ähren. Sie legte die Sinne bloß und machte den Herzschlag empfindlich. Sie vertrieb den Schlaf und bediente sich der Ermattung, um mich das Schweigen zu lehren, den Verzicht. Sie stillte keinen Hunger, löschte keinen Durst; aber ich begehrte nicht mehr, zu essen, zu trinken. Sie stimmte dieses fremde Land nicht milder; aber in ihrem Bann wusste ich, dass ich das heimatliche Seeufer nie wieder erreichen würde. Sie ließ die Fluten der Schwäche steigen und ertränkte das Verlangen. Die Seele schwebte über dem Wasser, friedlich, wie über dem Todesspiegel, den kein Hauch mehr trübt. Sie entkleidete die Erde ihres Glanzes, nahm den Gebirgen ihre Kronen aus

Schnee, brachte die Flüsse zum Stehen, die rieselnden Halden zum Verstummen, hob die Täler aus dem Frühnebel, glättete das Meer, ließ die Ebene in Rauch aufgehen. Jetzt schweifte der Blick ungehindert über das Land und ermaß seine tödliche Größe. Die Magie hob die Grenze auf zwischen Tag und Nacht, obwohl die Tage glanzlos waren und die Nächte erleuchtet von kalten Gestirnen. Sie ließ die Flucht der Zeit zu, als würde sich die Zeit nie erfüllen – so fand ich einen Ersatz für den wunderbaren Kreislauf, der mich einmal entzückt hatte, und lauschte nicht mehr auf den Stundenschlag.

Seit Wochen die Sonne nicht gesehen: Es ist gut so, sie ist feindlich, Weiß wie flüssiges Gold. Die Matten brennen, der Staub qualmt, was zurückbleibt, ist schwarze Wüste, ein Mondtal. Die Magie täuscht nicht – ich sehe die bröckelnde Armut der Ruinen: Jäz-de-Chast, Geisterstadt, zerfressener Saum eines Felskammes, Bettler in ihren Höhlen, ihre Kinder werfen das Brot weg, das ich ihnen schenke – sie haben nie Brot gegessen, sie leben von Lumpen ... Veramin, leere Moscheebögen, entkleidete Nischen, Spielplatz schwarzer Ziegen und frisch geschorener Lämmer. In der Finsternis des Mongolenturmes blitzt Kupfer, dort haust ein hungernder Derwisch im Bartgestrüpp. Er ist blind.

Manchmal liege ich auf dem Dach des Hauses,

über dem Granatapfelgarten. Ich fühle mich so leicht, ich meine, im Traum die seidenen Segel zu entfalten. Aber meine aufgerissenen Augen begegnen immer dem gleichen Himmel. Seine bleichen Flammen, Persiens geläuterte Qual! Nie vernahm ich den Klang der Kamelglocken deutlicher. Sie bewegen sich auf den fernsten Spuren, in der Wüste und der Gartenmauer entlang. Ihr Dröhnen schwillt im Frühlingssturm, der den Schnee in den Birkenhöfen von Hamadan schmilzt und den fliehenden Gazellen die schönen Augen bricht. Ich schaue zu, unbewegt.

Diese dröhnende Glockenstille wird ein Teil der Magie. Ich täusche mich nicht. Neben mir schlafen die gefleckten Hunde, draußen, auf der Schwelle, die Dienerin, eine Taubstumme.

Die Magie vermag nicht viel. Sie vermag nichts gegen die untrügliche Einsamkeit, sie verschafft mir nicht einmal den geringen Trost eines Traumes, sie gaukelt mir keine windgefächelten Palmen vor, keine trauliche Kleinstadtstraße anstelle der Furt, wo verlorene Karawanen sich stauen. Im Schatten des Eukalyptus sehe ich die Perser auf ihren Fersen hocken, die bleichen Stirnen über den Samowar gebeugt, mit silbernen Zangen nach glimmender Braunkohle fischend, die ein Klümpchen Opium am Rand ihrer blauen Pfeifenköpfe schmilzt. Hungerleider, ich gönne euch eure Magie …

In enger Nachbarschaft, fast Wand an Wand mit mir, nämlich am anderen Ende der Gartenmauer, wohnt in einer Baracke, die ihm zugleich als Dunkelkammer dient, mein Kamerad Bibenski. – Ich muss erklären: Ich gehöre vorübergehend wieder dem Stab einer amerikanischen Expedition an, daher habe ich wieder Kameraden, mit denen ich Rechte und Pflichten teile.

Die Pflichten: den Museen von Boston und Chicago islamische Lüsterware aus dem elften und zwölften Jahrhundert zu verschaffen; denn dafür werden wir bezahlt. – Das Recht, unseren Granatapfelgarten zu bewohnen und sich zwischen seinen Scherbenbeeten und roh gezimmerten Arbeitstischen wie zu Hause zu fühlen. Der Esstisch steht unter Bäumen, im Freien. Abends, wenn wir staubig und durstig vom Grabungsfeld zurückkommen, füllt Bibenski die Wodkagläser. Er selbst trinkt selten; aber er weiß, wo man in Teheran guten Wodka bekommt. Russischer Emigrant, gewesener Kadett des Zaren, seit zwanzig Jahren in Persien, heute wohlbestallter Expeditionsfotograf – mehr wissen wir nicht von ihm. Er macht sich nicht einmal die Mühe, Englisch zu lernen und sich nach der Arbeit zu rasieren. Wir anderen arbeiten gemeinsam, sei es draußen auf dem Feld, wo es zweihundert Leute zu beaufsichtigen gibt, sei es daheim, in dem halbdunklen Raum, den wir »das Museum« nennen wegen seiner Wandbretter voll Töpfereien, Schalen, Schnabelkannen, Tonfigurinen und kostbaren Scherben. George sitzt am Mikroskop, Van am Zeichentisch, ich an der Schreibmaschine. Bibenski hingegen ist die ganze Zeit allein, in seiner Dunkelkammer. Er hat sonderbare Gewohnheiten, einmal fastete er zwanzig Tage und nahm nichts zu sich als ein wenig gezuckerten Tee. In der dritten Woche wurde er sehr schwach. Er lag meistens auf seinem Feldbett im Freien vor seiner Türe; aber jeden Nachmittag erschien er im Museum und sprach ein paar Worte mit dem Direktor, um den Eindruck zu erwecken, es gehe ihm gut und er sei arbeitsfähig. Denn er konnte es sich nicht leisten, seine Stelle zu verlieren, und unser Direktor, ein gebürtiger Deutscher, war streng.

Eines Abends fand ich Bibenski in seiner Baracke, auf dem Fußboden aus gestampftem Lehm, damit beschäftigt, Tabak mit braunem Haschischpulver zu mischen. An der Innenseite der Türe hängt, neben einigen besonders gelungenen Fotografien, auf die Bibenski stolz ist, das Bild seines jüngeren Bruders: ein Dreizehnjähriger, der auf der Flucht am Typhus starb. Er ist schön, blond, von einer zärtlichen Mutter verwöhnt, glücklich in seiner kleidsamen Uniform. So muss Bibenski einmal ausgesehen haben, schmalschultrig und fast rührend. Ich betrachte ihn. Seine Wangen sind eingesunken, seine Backenknochen treten scharf hervor, seine von Rauch und Säure gebräunten Finger spielen mit der Haschischpfeife. Er lehnt mit dem Rücken an der nackten Wand, seine Augen stehen offen im Halbtraum seiner Magie, er atmet mühsam die Luft ein, er hustet. Dieses Leben ist nicht besonders gesund. – Warum trinkt er nicht lieber oder sucht sich eine Frau?

Meine Frage machte ihn zornig. »Gesund?«, schrie er. »Was heißt das schon: gesund? Ich trinke nicht, ich faste jedes Frühjahr, ich halte mich rein – was kümmert es dich?«

Als ich ihm schweigend recht gab, breitete er für mich seinen Schafpelz aus und bemühte sich brüderlich, mir das Rauchen beizubringen. Da ich nicht genügend tief durch die Lungen einatmete, hatte das Haschisch keine große Wirkung. Aber Bibenski war inzwischen ganz ruhig geworden. Er lag neben mir und begann: »Einmal, während eines Osterfestes, habe ich die Glocken von Kiew gehört. Ich werde das nie vergessen. Glocken von allen Hügeln, bunte Kuppeln und weiße Kirchen über der Stadt, und über dem schimmernden Fluss weit gespannte Brücken. Die Menschen umarmten und küssten sich auf der Straße, die Kinder hatten farbige Eier. Als meine Mutter in ihrem mit drei Goldfüchsen bespannten Wagen aus der Messe zurückkam, aßen wir Osterkuchen …«

Er sah mich an, wie um zu fragen: »Kannst du es dir richtig vorstellen?«

Dann: »Die Glocken von Kiew! Die brausenden Glocken von Kiew! …«

»Jetzt sind sie verstummt«, fuhr er fort, »schon seit zwanzig Jahren. Aber eines Tages werden sie wieder anheben, ja, sie werden den Tag einläuten, und ich werde sie hören. Darauf warte ich. Du meinst vielleicht, ich hätte mich damit abgefunden, Fotograf auf eurer Expedition zu sein – warum nicht? Es ist nicht das schlechteste Leben. Aber du irrst dich, sie irren sich alle. Ich übe diesen Beruf aus, um mir die Zeit zu vertreiben und weil man Geld verdienen muss. In Wirklichkeit bin ich Kadett seiner Majestät des Zaren. Und nur darauf kommt es an. – Vielleicht bist du zu jung, um zu verstehen, dass es im Leben nur auf eine einzige Sache ankommt.«

Ich antwortete nicht. Was hätte es für einen Sinn gehabt, Bibenski zu sagen, dass ich in Kiew weit gespannte Brücken über dem im Morgenlicht schimmernden Fluss gesehen habe, und spielende Kinder in den Straßen? Dass die Stadt Kiew lebte, dass Russland lebte, ohne Glocken, und ohne auf den Tag von Bibenskis Wiederkehr zu warten? Dass das Leben wahrhaft einmalig ist, nämlich ununterbrochen und tausendfältig, an keine Stunde gebunden, über Erdbeben und Brände triumphierend, unberührt von unseren Schmerzen, unempfindlich gegen unsere Magien, die uns in einen einsamen Tod treiben?

Als ich meine Pfeife ausgeklopft hatte, stand ich auf und verließ leise das Zimmer. Bibenski schien zu schlafen. Im Garten, auf der Treppe vor dem Museum, saß George und wartete auf mich. Er wusste, dass ich Angst hatte, nachts allein den langen Weg durch den Granatapfelgarten zu gehen, und begleitete mich mit der Taschenlampe bis zu meinem Zimmer. Wir gingen dem Tarantelbach entlang, rechts lagen die Beete voller Scherben, die wir am nächsten Morgen waschen und sortieren mussten. Dann kam die kleine Brücke, brüchig, mit Moos überwachsen, und plötzlich der warme und süße Duft von Büschen. Meine der Nachtkühle geöffnete Türe; die großen Hunde kläfften im Traum. Ich zündete die Petrollampe an. So lange wartete George noch, dann blieb ich allein.

Kein Wort mehr über Bibenski! Wir wissen doch alle, dass er dabei ist, sich zugrunde zu richten, warum helfen wir ihm nicht? – Die Schmerzen, die er sich antut, sind Kinderspiele, seine Hoffnungen Hirngespinste; dies, obwohl er den Ernst des Lebens gekostet hat. Er hat gehungert, jetzt fastet er freiwillig, zum Spaß. Sein kleiner Bruder starb am Typhus, dreizehnjährig – trotzdem vergiftet er sich mit Haschisch, als sei er dem Tod von Angesicht zu Angesicht begegnet. Und wir warnen ihn nicht! –

Er würde unsere wohlgemeinten Warnungen in den Wind schlagen …

Still – kein Wort über die Toten dieses Landes. In der Stadt Rhages allein, deren Ruinenfelder wir ausgraben, soll der Mongole Hulagu Khan eine Million Menschen erschlagen haben. An den uralten Heerstraßen, neben den Schatzhügeln Iskenders, türmen sich die Schädelpyramiden. In den Höhlenwohnungen von Jäz-de-Chast sah ich Kinder hungers sterben. Und nicht weit von hier, in der Festung vor den Toren der Hauptstadt, wurden heute in aller Frühe zwölf Nomadenfürsten hingerichtet. Sie waren Rebellen, sie hatten sich gegen das Gesetz vergangen, das die Nomaden zur Sesshaftigkeit zwingt, und hatten die Waffen gegen die Regierung erhoben. Man lockte sie in eine Falle. Man forderte sie zu Verhandlungen auf und versprach ihnen sicheres Geleit. Einer von ihnen, ein Kurde, brachte seinen Sohn mit. Das Volk von Teheran äußerte sich beifällig, als der Knabe, die Anmut selbst, im grünseidenen Rock, den schweren Turban wie eine Krone tragend, durch die Straßen ritt. Die Hüter des Gesetzes verschonten ihn nicht, er starb mit den anderen, vor Sonnenaufgang. Wir haben die Schüsse gehört.

Die Sonne scheint über ruhmreichen und ruhmlosen Schlachtfeldern; aber wir, wenn wir Gnade finden wollen, wenn wir auf Mitleid und Anteilnahme hoffen, müssen unseren Feind beim Namen nennen können. Ich weiß es. Meine Kinderspiele sind unverantwortlich und werden sich in furchtbaren Ernst verwandeln. Meine Schuld. Habe ich um Gnade gebeten? …

13

Der Versuch einer Liebe

Eines Morgens erwachte ich und fand mich nicht mehr allein. Das Fieber hatte sich gelegt, und die Magie, die mich die ganze Nacht wach gehalten und am Rand weißer Abgründe entlanggeführt hatte, zog jetzt ihre Hand zurück und überließ mich meiner vernichtenden Erschöpfung. Das Zimmer war dunkel. Das Gebüsch vor dem niedrigen Fenster sog das schattige Baumlicht auf wie das mollige Gefieder großer Eulen – den Himmel brauchte ich nicht zu sehen, er begann erst jenseits der Gartenmauer. Am Schirm meiner Lampe hafteten die zarten Flügel der Falter, die sich blind zum Sterben gedrängt hatten und jetzt allein noch an die vergangenen Stunden erinnerten. Ein Diener kam und brachte einen Glaskrug mit rotem Granatapfelsaft: ein Geschenk von dir. Ich trank und war schon wieder in besinnungslosen Schlaf gesunken. ›Man muss vergessen‹, dachte ich noch, ›vergessen um jeden Preis.‹ Nie wieder die Ebene betreten, wo das weiße Licht sich mit dem weißen Staub vermählt und die Hitze einhergeht im Nonnengewand. Nie wieder auf dem Feldweg ins Dörfchen Dezaschub den geknechteten Kreaturen begegnen, den vom Fieber geplagten Bauern, die sich zum Bad schleichen auf geheizten Steinen, dem trottenden Eselritt schwarz verschleierter Frauen, die ihr Elend an die eingesunkene Brust pressen wie einen weinenden Säugling, den ermatteten Soldaten, die sich durch den fußtiefen Sand schleppen, ein schmutziges Tuch um die Stirn gebunden, den schweren Helm in der Hand. Das Vieh drängt sich lechzend in den Schattenstreifen einer brütenden Lehmmauer, die Dächer bersten, im Basar kauern die Männer neben ihren Wasserpfeifen und warten auf den Abend wie auf ein Erdbeben. – Nie wieder das Gartentor verlassen! Hier herrscht die dumpfe Geborgenheit des Fiebers, und ich werde in einen dreitägigen Schlaf fallen.

Dieser Ort ist gut gewählt, er ist abseits. Weit vom Granatapfelgarten, wo die Scherben in ihren Beeten glänzen und nachts die Lampen klirren in der Stille der Arbeitstische. Weit von der Hauptstadt, weit von den Gärten von Schimran, weit von den Säulen von Persepolis, durch einen Wall von Hitze getrennt von allen trauernden Erhabenheiten Persiens. Hier bin ich keiner meiner alten Begierden mehr ausgeliefert, ich erschöpfe mich nicht mehr auf dämmernden Wegen des Entzückens, ich verlange nicht mehr nach gekrönten Stierhäuptern und Wasserlilien, ich sattle kein Pferd und sende keine segelnden Falken mehr aus. Die Magie, derer sich meine trunkene Müdigkeit einst bediente, hat sich als ein starkes Gift erwiesen: kein Bienenspiel gaukelnd über blauem Korn, keine Fächerkühle, kein Zaubertrank und gekräuselter Rauch … Auf die tödlich süße Erleichterung, die mir diese Welt in einem blassen Licht zeigt und mein unbeschwertes Herz ihre Vergänglichkeit kosten lässt, folgt ein ungesegneter, bleierner Schlaf. Ich brauche lang, um wach und meiner Sinne wieder mächtig zu werden, dann erst gewahre ich das Schrecknis, dem Leben noch anzugehören, heimatlos, gnadenlos, preisgegeben diesem Land, seinen Weiten unter dem Mond, seinen Küsten, wo die Schiffe gestrandet sind, seinen Einöden, seinen windstillen Gärten. Ich ersticke in ihren Mauern, die Wohltat des Fiebers verzehrt mich. Nach Atem ringend, gleite ich in das eisige Dunkel des Teiches, taste mich zu verdorrten Beeten, krümme mich weinend auf dem Teppich. Kein Zeuge, ich kann Klagerufe ausstoßen, ohne sie zum Gebet zu formen. Niemand versteht. Niemand vermisst sich zu helfen. Ich lebe von Gift, jeden Abend eine Prise. Und ich bin dankbar, ich begehre nichts anderes. Die Glieder lösen sich.

Unwiderruflich, unwiderruflich! Meine Einsamkeit ist vollkommen. – Du hast mein Zimmer betreten, Jalé, wie ein reiches Nachbarskind, unaufgefordert, in Seide gekleidet, Blumen im Haar. Deine Stirne war sehr weiß, dein Mund war geschminkt, auf deinen Wangen brannte die Krankheit, die deine Augen unruhig machte, immer fragend, immer stumm, und ihr Glanz so zärtlich … Wie wusstest du mir zu antworten, wie hast du mich beschwichtigt, welch sanften Trost mich gelehrt!

Ich darf jetzt deinen Namen wieder aussprechen, dein Andenken ist tot, und ich zitiere das Hohe Lied, weil meine Liebe für dich keine Worte mehr findet. Ich werde dich nie wiedersehen! – Ich möchte die Feder weglegen, mein Herz begehrt auf …

»Erinnerst du dich unserer ungestörten Stunden …«

Viel später, im Zeltschatten des glücklichen Tals, wieder allein, so allein wie noch nie (da ich dir begegnet war und dich verlassen hatte), las ich die Zeilen Hölderlins und wusste nicht, warum ich in Tränen ausbrach. Ich meinte, es sei dein Tod, der mich so erschütterte; aber es war der vergessene Klang des Lebens. Denn ich lebe, Scham peinigte mich, ich verstand deine furchtbare Trauer nicht, ich liebte sie, gewann sie wie ein Versprechen, wandte mich ihr zu wie einer himmlischen Speise, und küsste dich, küsste dich … So umarmt man nur, was man schon verloren weiß!

Aber du, Jalé, welchen Trost hast du von mir erwartet, als du mich an deiner Schulter schlafen ließest?

»Komm«, sagtest du, »wir wollen Ball spielen mit meiner kleinen Schwester Zadikka, sie ist anmutig wie Echnatons Töchter, sie ist zwölfjährig, ein Kind, und schöner als ich. Komm, wir wollen diesen dunklen Garten mit den Wiesen meines Vaters vertauschen und unter seinen hohen Bäumen liegen, komm, du hast Hunger und Durst, ich werde dich pflegen, bis das Fieber vergeht, komm, du fürchtest dich bei deinen Nachtfaltern und Windhunden, komm, mein Liebling, bei mir wirst du die Furcht vergessen ...« – Und wir lagen unter Bäumen ...

Ich erwachte: Welch ein schöner Morgen! »Jalé, siehst du die Zartheit des Azurs? Atmest du?«

Und ich schüttelte die Magie ab, verscheuchte die bleiche Angst mit den Nachtfaltern, und da ich dich nicht neben mir fand, war ich schon unterwegs, stieß das Gartentor auf, badete in Lichtströmen, bot der Sonne die Stirn, stürzte mich in ihre frühe Hitze wie ein Schwimmer. Der Feldweg nach Dezaschub, die mausgrau einhertrabenden Esel, die Weidenden auf Äckern, die noch ein wenig Erdkühle bewahren ... Der Staub flimmert auf dem runden weißen Platz von Schimran, ein Gendarm dämmert schon der Mittagsstunde entgegen – ich aber, Jalé, biege in deinen Garten ein, und die blaue Hügelkette versinkt hinter der hohen Mauer, zur Linken ein Teich, da kauert Zadikka im leichten Sommerkleid und taucht das braune Händchen ins Wasser und winkt mir und senkt den Blick wieder, träumend, spielend. Die vorspringende Baumwurzel im Weg, ich kenne diesen Weg, Jalé, im Dunkeln und im Hellen, und finde dich: wie du soeben das Haus verlassen willst, stehen bleibst auf der Terrasse, mit braunen entblößten Schultern und einen Reif im Haar … Du bist blass, Jalé, viel zu blass, als seist du schon von einem zu langen Tag erschöpft, deine Schläfen sind durchsichtig und eingesunken, auf deiner schönen Stirn, zwischen den dunklen Brauen, eine Falte, von Leiden geprägt. Komm, meine Finger glätten sie, meine Hände auf deinen Wangen, um deinen Nacken, sind noch kühl, und jetzt öffnest du die Augen, sicher, nur meinen Augen zu begegnen, jetzt lächelst du, jetzt atmest du leicht an meiner Schulter, jetzt öffnest du die Lippen und lässt dich aufheben und sinkst in das Gras zurück und streichelst mich, siehst mich schon nicht mehr, nur noch den Himmel im Laubwipfel …

Man vernahm vom Spielplatz her das Aufprallen der Bälle, aus dem Haus, hinter Moskitogittern, Zadikkas brüchige und süße Kinderstimme, frisches Wasser, mit Wein vermischt, perlte in den Gläsern. Die Hitze stieg den Gartenweg empor. Vom Glück ein wenig ermattet, still neben dir, spürte ich sie in den Kniekehlen, im Hinterkopf und musste die Hand auf die brennenden Augen legen.

Angst! Wunsch nach Giften! Nach Betäubung müder Glieder! Rückkehr der Magie – des Teufels, diese bösartige Qual! Jalé, geliebtes Antlitz, zärtliches Herz, Jalé, meine Unschuld … aber du schaust einer Wolke nach, dein Mund träumt in den Halmen – wie dürfte ich es wagen, dir das magische Wort, meine Verzweiflung, anzuvertrauen?

Wie ich, kaum noch atmend, die Lippen öffne, wirfst du dich an meine Brust, deine Finger gleiten durch mein Haar.

Und ich wehre mich, ich will nicht sterben, ich weine unter Küssen!

»Sei nicht traurig«, lächelst du, und wir führen Zwiegespräche, Stirn an Stirn.

»Wir werden zusammen fortgehen, Jalé!«

»Eines Tages …«

»In ein anderes Land, wo kein Fieber dir etwas anhaben kann!«

»Und du, du, mein Liebling?«

»Wo die Flüsse das ganze Jahr rauschen, auch im Sommer, und das Korn hoch steht und sich im wunderbaren Wind biegt, wo die Matten glänzen und die Täler in Frieden leben …«

»Wie gut du dich erinnerst!«

»Und eine wohlbekannte Straße dem Seeufer entlang heimwärts führt …«

Du hörst nicht mehr. Du denkst an etwas anderes, weit Entferntes.

»Jalé!«

»Mein Kind?«

»Jalé, kannst du es dir vorstellen? – In einem anderen Land, nie voneinander getrennt? Du wirst mich nie verlassen, sag? ›Nein‹, antwortest du und schaust mich an, reglos. Ach, deine reglose Trauer! Ach, warum lügst du so?«

»Du fragst, und ich werde nie die Sanftheit deiner Stimme vergessen … Du brauchst dich nicht zu fürchten. Du wirst gesund werden, ganz gesund. Eines Tages wirst du diesem Land den Rücken kehren. Die Welt liebt dich. Und glaube mir, sie vermag mehr als ich. Mein Liebling, mein Liebling. Denkst du nicht an das Glück?«

»Und du?«

»Es ist ein Fluss, zuerst zwischen Schwarzklippen, dunkel, ein rauschender Abgrund. Dann sitzt ein Silberreiher am Ufer, und Schwärme von Wildenten erheben sich mit dem Abendwind. Das Wasser breitet sich aus und strömt still durch die schimmernde Ebene.«

»Wo endet die Ebene, Jalé?«

Du siehst mich immer noch an. Und ziehst mich rasch an deine Schulter und verschließt mir den Mund.

Ach, Wohltat, deiner Stimme zu lauschen, Wohltat der Erschöpfung in deine Hände gebettet, Wohltat des Schlafes am Nachmittag, ach, Wohltat, Wohltat!

Aber ich begehre auf: »Meintest du, an das Glück zu denken, Jalé, und erfindest sanfte Namen für Tod und Seligkeit? Du erschreckst mich furchtbar!«

Und du murmelst: »Wir müssen uns jetzt trennen, verstehst du, was ich dir sage? Heute noch! Du darfst diesen Garten nie wieder betreten, ich darf dich nie wiedersehen.«

»Jalé!«

»Schau mich nicht so fassungslos an!«

»Jalé! Ich habe nichts verlangt, ich habe niemanden gekränkt, ich war allein, Jalé, so allein! – Warum willst du mir wehtun, es mich vergelten lassen?«

Aber du lächelst, du scheinst fürchterlich unbeirrt.

Ich höre dich sagen: »Du begehrst auf, mein Liebling? Begehrst zu leben? Kränke dich deswegen nicht, uns steht so Verschiedenes bevor! Morgen schon wirst du unterwegs sein, auf einem Maultierpfad, und wirst in das glückliche Tal gelangen. Und wenn du in deiner Einsamkeit die Hände ringst und keinen einzigen Namen mehr anzurufen weißt, wenn du Not leidest und mich längst vergessen hast ...«

»Jalé! Ich werde dich nicht vergessen!«

»Wenn du am Ende deiner Kraft bist und zu sterben glaubst, dann wird dir ein Engel begegnen!«

Jalé löste sanft meine Hände von ihrem Gesicht. Sie war weit entfernt, sie war unerreichbar, ich sah es wohl und fühlte einen unerträglichen Schmerz und verstummte.

Sie sagte: »Die Engel dieses Landes gehen auf unverletzten Füßen, sie tragen eine Wolke wie einen Mantel um die Schultern und sind stärker als alle Magie. – Weine nicht, mein Liebling, ach, ich höre dich weinen, dort oben im Zeltschatten, weine nicht, weine nicht!«

Absage an die Magie

Ich bin am Ende. Den Toten mein letztes Wort.

Es bleibt mir nicht viel Zeit, über Nacht ist Schnee gefallen und deckt den Talgrund zu, der Demawend strahlt in himmlischer Reinheit. Die Hirten brechen auf – drüben am Afjé-Pass, im zitternden Morgenlicht, sammeln sich die Herden, die Kamele, einen Sommer lang an Freiheit gewöhnt, sind erregt wie Zugvögel, sie recken die Hälse, reißen sich plötzlich vom Halfter los, traben schlenkernd davon, aber sie werden eingeholt, und wieder bei der Herde, rühren sie sich nicht mehr.

Die Schafe sind geduldig; die Pferde, mit gesträubten Mähnen und glänzendem Fell, bieten einen herrlichen Anblick und stampfen kriegerisch den Boden. »Nach Veramin! Nach Veramin!« – das Echo rollt über die Schutthalden, wie ein Schlachtruf, wie die Verheißung des Gelobten Landes. – Dort unten, in Veramin, werden wir bessere Futterplätze finden, wir werden dieses herbe Tal mit üppigen Scheunen, Kamelmärkten und blühenden Hainen vertauschen. Wir werden überwintern! »Nach Veramin!«

Ich unternehme nicht einmal den Versuch, mich zu rechtfertigen. Jetzt, in meiner tiefsten Not … da ich mich an dich, geliebtes Antlitz, nicht mehr wenden darf.

Ich möchte dich schonen. Ich möchte dein müdes Haupt auf Kissen betten, dein Gesicht in meinen Händen, und dir mit meinen Fingern die Augen, die Lippen verschließen. Zu spät. Ich möchte nie mehr vor dir weinen, und schweigen, während du schläfst, damit ich nie mehr vor dir eine Lüge sagen muss. Dir hat jedes Wort wehgetan, auch das sanfteste, ich war nie aufrichtig genug. Wir hätten sonst vom Tod gesprochen, geliebtes Herz, geliebtes Herz, und da dir allein die letzten Dinge vorbehalten schienen, musste ich lügen. Du nahmst Abschied und fragtest mich: »Wirst du mutig sein?«, und ich musste lügen. Du fragtest mich: »Habe ich dir zu helfen vermocht? Habe ich ein wenig Macht über dich? Wirst du an mich denken, dort oben – und nie wieder an die falschen Magien, die dich erschöpfen, ohne dir auch nur eine Minute Weges zu ersparen, nie mehr an die Engel, die am Ende aller Wege warten, Wolkenmäntel um die Schultern, ihr makelloses Antlitz abgewendet, ihren Blick auf den Demawend gerichtet, und darüber hinaus … Sag, ach – ich liebe dich, drücke dich an mein Herz –, sag: Wirst du mutig sein?«

Und ich musste lügen, musste lügen! Warum hast du mich solche Schmerzen gelehrt, und dann, sie zu verbergen … Während meine trostlosen Augen sich den deinen näherten und deiner Trauer begegneten, und die Unschuld von mir abfiel, die ich einmal so liebte, als ich sie noch von deiner namenlosen Inbrunst empfing – während ich so schuldig wurde, Ursache deiner Trauer, und ihr nachging, wie man auf dem Sattel zusammengekrümmt in den gelben Nebel eines Wüstenpfades gleitet, blindlings, und alles andere vergisst – während ich zu sterben glaubte an deinem Mund und mich gewiss nicht davor fürchtete, fragtest du:

»Wie heißt jenes Tal?«

»Das glückliche Tal«, antwortete ich.

»Und jenes andere Land?«

»Ich weiß es nicht.«

(›Sei ehrlich!‹, schrie ich mich an. ›Du wirst die Pfade wiederfinden, Morgen- und Abendstern werden dir die Bahn weisen, die Losungen werden ausgerufen werden, das Leben wird anheben wie ein gewaltiger Heerzug, schonungslos, seine Toten zurücklassend und die zerstampften Felder, und du, kleines Kind, wirst nach deiner Mutter weinen, wirst deine Wunden verbinden lassen, wirst Lorbeer pflücken und in tiefen Schlaf fallen, und – sei ehrlich, sei ehrlich! – in der frühesten Dämmerung wird dein ungebrochener Trotz auf nacktem Feld knien und Ausschau halten nach der Botschaft der Hirten!‹)

Vor was fürchtete ich mich so?

Ich neigte mich zu dir. Ich murmelte: »Nie habe ich den Trost gekannt. Ich fürchte mich. Ich fürchte mich vor der Einsamkeit.«

Und riss mich von dir los. Mir schien, mein Schmerz dürfe dich nicht berühren.

In den Straßen schrie ich: »Heilsbotschaft, Heilsbotschaft«, und überholte die Droschken und die verschleierten Frauen und die Mullahs auf weißen Eseln. Mein gutes Pferd Bacht trug mich, noch einmal, vor die Stadtmauer; ich schrie nicht mehr, aber ich wickelte sein langes Mähnenhaar um meine Handgelenke und legte mein Gesicht auf seinen Hals: »Mein gutes Pferd Bacht, mein schnelles, mein schönes Pferd …« Mitten durch die einherwallenden Schafherden drängte ich mich, sie teilten sich wie ein Meer, ich roch heiße Wolle,

Blöken, staubigen Filz und den sonderbaren sich stauenden Tieratem, zum Totenturm lief ich und zum Salzsee, ich sah vom Rand des Turmes in die Ebene hinab, alles meinen Augen Vertraute aufzählend: dort die Zitadelle, dort die dünnen Reihen der Granatapfelbäume, dort die Geier, die Karawanenspur, die Furt, den silbergrauen Ölbaum, dort Gulistan, den Rosenhag, und auf der Anhöhe die blinden Fenster von Nirawan. Dort deine Hufspuren, und dort, dort am Teich, deine Träume im Schatten ... Sonnenuntergänge, erinnerst du dich? Und die Dämmerung farblos wie der Lehm. Im milden Herbstwetter lag ich auf der nackten Erde und verbarg meine Stirn unter Steinen. Ich schrie »Heilsbotschaft, Gottes gnadenreiche Hand!«, bis der Atem mir ausging und der Ingrimm meine Stimme lähmte, ich schüttelte mich, stemmte die Fäuste in den Gürtel, fand den Gartenweg wieder und langte an, schweißüberströmt. Da dehnte ich mich aus auf dem roten Teppich zwischen den Beeten und rief die weiß gekleideten Diener. Sie liefen, um mir auf einem köstlich eingelegten Tablett Fruchtsäfte zu bringen, und das Gift, nach dem ich verlangte. – Habe ich es Schwarze Magie genannt? Es ist nicht besser als die Haschischpfeife, auch nicht schlechter, verachte es nicht, das Gift: Mohnharz, gaukelnde Blütenpracht, Windgluten und Augentrost, das Herz wird kalt und gleitet wie ein

Delfinschatten über die geölten Wogen, von Insel zu Insel, bis zu den Polen, und hebt und senkt sich still, im Hafen, zwischen den Moosriffen und Perlmuscheln. – Ach, einmal wird mir doch geholfen werden!

Aber mir war, als hätte ich meinen Schatten verloren, und gepeinigt, in ohnmächtiger Angst, vor Schwäche wankend, lief ich zu dir.

Um mich nicht zu erinnern, dass du von mir Abschied genommen hattest, wiederholte ich wie ein Gebet die nichtigen Worte: »Mein letzter Versuch ...«

Es war schon dunkel. Im Dunkeln saß ich neben dir und hörte dich atmen. Verzeih! Verzeih! Du musst mir verzeihen. Ich kann nicht weiterleben, wenn du mir nicht verzeihst.

Das Gift verrann, als hätte man mir die Adern geöffnet. Ich verstummte und lernte die Reue kennen. Man bereut nur einmal, und es ist vergeblich.

Tränen. Nie werde ich es aussprechen dürfen! – Du warst immer so furchtbar still. Ich schlief an deiner Schulter ein. Du ließest mich schlafen. Im Morgengrauen noch. – Nicht wahr? Nicht wahr, es ist unmöglich, dass du mich verlässest?

Ich fand mich wieder, am Ende eines Maultierpfades, verdurstend in der Hitze Persiens, und erblickte unter seinen erbarmungslosen Strahlen die weißen Zelte des glücklichen Tals.

Der Engel

Eines Nachts betrat der Engel mein Zelt. Ich sah ihn vom Fluss heraufkommen, durch das hohe und niedere Ufergras, seine Füße wurden nicht nass. Er trug kein Diadem; aber seine Stirne leuchtete im Mondlicht, seine Gestalt war umflossen von der gleichen sanft wallenden Reinheit wie der Demawend, um seine Schultern lag eine Wolke, sein Blick, hinter durchscheinenden Lidern, war gelassen. Obwohl er groß war, trat er ein, ohne sich zu bücken und ohne dass die schweren Teppiche sich bewegten. Er blieb stehen, nicht weit von mir entfernt, doch so, dass meine Hand ihn nicht berühren konnte. Übrigens versuchte ich nicht einmal, die Hand auszustrecken, oder mich aufzurichten, um ihn zu begrüßen.

Er schaute sich im Zelt um und sah alles, meine Kleider, Satteltaschen, Angelschnur und meine waffenlosen Gürtel, die an bunten Seilen hingen.

»Du hast dich häuslich eingerichtet«, bemerkte er. Als ich nicht antwortete und keine Miene machte, ihn höflich zu empfangen, fuhr er freundlich fort: »Du hast Schmerzen, vielleicht einen Sonnenstich, Fieber? Das kommt vor, hierzulande, die meisten Fremden vertragen unser Klima schlecht. Kluge reisen rechtzeitig nach Hause; andere, um zu vergessen, ergeben sich dem Trunk und sterben am Herzschlag. Die Schwachen jagen zuerst den Versuchungen nach wie Windhunde, dann suchen sie sich zu retten und schaffen sich mit allerhand Giften ihre Erleichterungen. Manchmal ist es nur der trockene Höhenwind, der sie in Fetzen reißt, oft leiden sie an Heimweh, sie finden immer einen Grund; das ist nur menschlich. Offenen Auges stürzen sie sich ins Verderben und sind immer erstaunt, ja fassungslos, und wähnen sich immer unschuldig. Und du scheinst mir der Schwächsten einer.«

Er sah mich nachdenklich an.

Ich hätte gern geantwortet; aber ich hatte keine Stimme. Ich wartete, alle Sinne gespannt, und war doch blicklos, gehörlos, stumm.

»Du verstehst nicht«, sagte der Engel, »natürlich nicht, wie solltest du verstehen? Du kommst von den Tummelplätzen der Tugenden und Untugenden und meinst, mit ein wenig Buße, Reue und Reinigung Freudenfeuer der Erkenntnis entzünden zu können.«

Ich fühlte etwas wie bittere Empörung und raffte mich flüsternd auf.

»Ich habe seit meiner Kindheit keine Freudenfeuer entzündet. – Ach, damals leuchteten sie in der Heimat, auf den Augusthöhen!«

»Ich kenne deine milden Landschaften nicht, die du Heimat nennst. Und ich will dir glauben, dass du seither, in seltenen Augenblicken, am Weltrand die Flammenmeere gesehen hast, die euch Sterblichen die Füße verbrennen. Deine Furcht ist begreiflich. Aber sag, wer hat dich bis hierherauf geführt, in dieses Tal? Es ist ein weiter Weg, über Meeresarme, hohe Gebirge und durch sengende Wüsten. Mir scheint, hier herrscht eine unbekömmliche Einsamkeit, eine menschenlose Einöde ...«

Ich zitterte, ja, und brach bei seinen letzten Worten in verzweifelte Tränen aus. Der Engel ließ mich weinen. Dann, so schien es mir, streifte er mich mit einem Blick flüchtigen Erbarmens.

»Ich habe dich beobachtet«, erzählte er, »auf den Scherbenhügeln. Wie hast du die Hände gerungen! Und nach einem englischen Feind Ausschau gehalten, nach Himmelsleitern! Die Abendschatten haben dich getröstet, der Schlaf dich übermannt. Zuweilen scheinst du erschreckt von der irdischen Vergänglichkeit, du hast die Arbeit von gestern verachtet, die aufgerichteten Säulen, die morgen von makedonischen Soldaten in Trümmer gelegt werden. Und die Liebe schien dir gering, die mit eurer Einsamkeit Spott treibt und euch in Tränen badet ... Und du bist aufrichtig. Auf diese Weise könntest du es zum Menschenverächter bringen und dein Herz zu einem Kieselstein verhärten. Was gedenkst du jetzt zu tun?«

»Hilf mir! Was soll ich tun?«

Hätte ich wenigstens die Hand ausstrecken, sein Kleid berühren können!

Der Engel schwieg eine Weile. Er bewegte sich, ging bis zum Tisch, auf dem ein Stoß weißen Papiers und ein paar beschriebene Seiten lagen, und schraubte die Lampe ein wenig höher.

»Immer der gleiche Schrei«, sagte er, »das Ende Eurer Gebete, Eurer Liebesgespräche, Eurer Weisheit.«

Er schien ermüdet und fragte, wie um mich abzulenken:

»Du schreibst?«

Beschämt antwortete ich: »Mir bleibt nicht mehr viel Zeit, ich werde schwächer, und was ich schreibe, wird täglich weniger. Eigentlich ist es meine größte Sorge, ja, die einzige Furcht, die noch zählt, dass ich nicht mehr alles aufzeichnen könnte ...«

»Was willst du denn aufzeichnen? Hast du Erfahrungen gesammelt, köstliche Erkenntnisse gewonnen, gar einen Blick in das Gelobte Land getan? Oder willst du deine Schmerzen mitteilen, um das Herz der Menschen zu rühren und ein milderes Urteil zu erwirken?«

Ich zitterte, zitterte ...

Ach, noch einmal das Herz der Menschen berühren! Den glücklichen Atem der Welt spüren! Ach, noch einmal leben!

»Ich fürchte«, sagte der Engel sachlich, »deine

Leiden werden im Buch der Erde nicht aufgezählt werden; das mag ungerecht sein, aber es gibt Felder, auf denen sich tödliche Kämpfe abspielen, und die doch dem Auge der Menschen entgehen. Und über das gerechte Ende entscheiden wir allein.«

»Ich habe nie nach Gerechtigkeit verlangt …«

»Aber nach *wirklichen Schmerzen*?«

Ich schrie auf.

»Behaupte nicht, du habest die Frage nicht gestellt: ›*Zu welchem Ende?*‹«

Und wieder, als sei er leicht ermüdet, fügte er diesen furchtbaren Worten hinzu: »Ich bin nicht dein Hüter, ich bin nur ein Engel dieses Landes. Glaube nicht, dass ich dir einen Vorwurf mache … Aber welche Ungeduld! Welch unversöhnliche, heillose Ungeduld!«

Er näherte sich mir, er sah mich an.

»Denkst du zuweilen an deine Toten?«, fragte er.

»Jan Bibenski: gestorben an den Glocken von Kiew. Warum hast du seine Pfeife nicht zerbrochen, den Plunder seiner Uniform verbrannt und das Haschisch in alle Winde zerstreut? – Die Glocken von Kiew! Lässt man seinen Kameraden an solchen Giften sterben?«

»Er war gegen Gifte nicht gefeit. Und bis zuletzt verlangte er, die Glocken zu hören. Ich konnte ihm nicht einmal seinen letzten Wunsch erfüllen …«

Der Engel nickte. Und fuhr fort:

»Carl Bergner – starb auch er an Haschisch und Heimweh? Er war dein Freund, nicht wahr? Und kaum fünfundzwanzig! – Er hatte einen einträglichen Beruf. Befriedigte es ihn nicht mehr, die Säulen von Persepolis aufzurichten und in den Fundamenten achämenidischer Paläste goldene Stiftungsurkunden zu entdecken? Er war ein begabter Maler, freute es ihn nicht? Konntest du seinen Kindertrotz nicht beschwichtigen, ihn nicht warnen, den Schmerz seiner Einsamkeit nicht dämpfen?«

»Er blieb zu lang in diesem Land, dessen Gefahren gleich namenlos sind wie seine Seligkeiten.«

»Wie starb er?«

»Er war mein Freund. Ich warnte ihn, aber ich vermochte nichts. Ganz allein, in einem Garten von Isfahan, schoss er sich eine Kugel durch den Kopf.«

»Lauter Selbstmörder«, sagte der Engel, sehr deutlich. »Ich kann dir nichts ersparen: Auch Jalé ist tot. Sie war Tscherkessin, an Gehorsam gewöhnt und hatte einen zu harten Vater. Außerdem glaubte sie sich unheilbar krank. Sie stürzte sich auf das Straßenpflaster der Stadt, in der du sie erst kürzlich verlassen hast.«

Zuerst starrte ich dem Engel in die verschlossenen Augen. Dann schnellte ich auf, schrie.

»Ein Maultier! In sechs Stunden kann ich die

Straße erreichen, ich muss zu ihr, noch diese Nacht!« – und schrie und wankte und hielt mich an einem Zeltpfahl fest.

Der Engel schwieg lange.

Dann erhob er sich, hob die makellose Stirn, die durchscheinenden Lider, sein Blick ruhte auf dem Demawend, er wandte sich zum Gehen und sagte:

»In ihrer letzten Stunde wollte sie dich sehen. Es ist zu spät. Hast du deine ganze Hoffnung auf die Dauer einer Nacht gerichtet und auf einen Maultierpfad?«

Ich sah den Engel am Flussufer sitzen, unbeweglich, seiner Wolke entkleidet.

Endlich näherte ich mich ihm und sagte schüchtern: »Dein Mantel. Er ist davongeschwebt.«

Da lächelte er. *Ich sah, dass er lächelte.*

»Was kümmert dich meine Wolke …«

In der grauen Dämmerung endlich erlosch sein mildes Licht. Der Engel saß abgewandt, immer reglos, die unverletzten Füße im Gras, das kleine Haupt in die Hände gestützt; ich würde sagen: ein Bild aus Stein, doch schlaflos. Um ihn die nüchterne Morgenstunde und die persische Blöße, ein riesiger Himmel ohne Ton und Farbe, raschelnde Tierweiden, verrinnende Öde, die unter Kamelhufen wankenden Wüsten, die von Fackelzügen und geisternden Antilopen erbebenden Felswände, in halber Höhe die unerreichbaren königlichen

Grabkammern, und talaufwärts und -abwärts *lautloses Flügelschlagen.*

Als die Sonne verheerend hervorbrach und die Pyramide des Demawend verging und dahinschmolz, als die Schatten in rasender Flucht den Nachtstrom erreichten, unseren Liebling, als überall Bewegung war und der irdische Tau aufstieg, Todesatem, Opferkeim, hauchzart – da seufzte der Engel, erhob sich sacht und ging, das Haar schüttelnd, leichten Schrittes. Er verschwand im Lichtschwall, am Talende, und ich glaubte in einen langen Schlaf zu sinken. Auf meinen Schläfen brannten getrocknete Tränen, der Schmerz atmete, ich war wunschlos, ohne Gnade, sterblich ermüdet.

Aber es war die Stunde des Aufbruches.

Du wirst dich gewöhnen, du wirst schweigen, du wirst dich meiner unsterblichen Augen erinnern!

Hinter meinem Rücken hatte man die Zeltwände aufgerollt, die Pfähle ausgerissen, die beladenen Esel schrien; die Treiber, Mahmut und Ali Askar, hatten sich die Lenden mit bunten Streifen umgürtet. Wir traten gegen Morgen unseren Weg an, immer geblendet, wir bogen um die Schwarzklippen und erinnerten uns an glückliche Fischzüge unter Uferbänken, wir verloren den Demawend aus den Augen. Und wir verließen das Tal, eines unter tausend anderen Tälern in diesen asiatischen Höhen.

Die Heuschrecken müssen dem Herbst erlegen sein, nichts störte die Stille.

Da beugte ich mich auf dem Sattel vor und lauschte. In weiter Ferne vernahm ich Karawanenglocken. Meine Augen suchten. – Freunde! Freunde, seht! Über den rauchenden Elendshügeln, am Horizont, bewegen sich wunderbare Segel!

Wenn Ihnen dieses KAMPA POCKET
gefallen hat, gefällt Ihnen vielleicht auch der
Lesetipp auf der gegenüberliegenden Seite.

Schicken Sie uns bitte Ihren LIEBLINGSSATZ
aus einem Kampa Pocket, bei einer Veröffentlichung auf unseren Social-Media-Kanälen
bedanken wir uns mit einem Buchgeschenk:
lieblingssatz@kampaverlag.ch